Virginia C. Andrews™

Misty

Traduit de l'américain
par Frédérique Le Boucher

Titre original :
WILDFLOWERS/MISTY

PROLOGUE

Nous sommes toutes arrivées séparément chez le Dr Marlowe. C'est ma mère qui m'y a déposée. Elle avait rendez-vous avec son amie Tammy pour leur après-midi lèche-vitrine hebdomadaire, précédé de leur rituel « déjeuner-copines » dans un des restaurants hyper sélects qui bordent la plage de Santa Monica, Californie. Autrement dit : c'était sur son chemin.

À l'entendre, ma mère s'imagine qu'elle a toujours des chances de devenir top model et de faire la une des magazines. Pas plus tard qu'hier, elle me montrait encore un numéro de *Vogue*, ou un truc de mode dans le même genre. « Tu ne trouves pas que je suis aussi jolie qu'elle, Misty ? me demandait-elle, en brandissant la couverture près de son visage pour que je fasse la comparaison. Et j'ai au moins dix ans de plus ! »

Plutôt vingt, oui. Mais je n'ai pas osé la détromper. À la maison, vieillir, c'est pis qu'attraper la peste. Les minutes sont des microbes et les jours, les mois, les années, des maladies incurables. À côté de celle de ma mère, la quête de la Fontaine de Jouvence par Ponce de Léon, c'était une promenade de santé. Elle achèterait n'importe quoi, irait n'importe où, pour peu qu'elle puisse, d'une manière ou d'une autre, arrêter le temps. La plupart de ses amies partagent les mêmes angoisses existentielles. Je ne peux pourtant pas m'empêcher de me demander si je vais devenir comme elles : vivre dans la terreur des cheveux blancs, des rides et d'un déficit en calcium.

Si ma mère n'était pas allée à Santa Monica pour déjeuner, elle aurait appelé un service de voitures avec chauffeur et envoyé la note à mon père, comme d'habitude. Elle adore lui envoyer des factures. Chaque fois qu'elle colle l'enveloppe, elle donne un petit coup de poing dessus et dit : « Tiens ! prends ça ! » Quand papa l'aperçoit dans sa pile de courrier, je suis sûre qu'il fait la grimace et que son portefeuille fait « Ouille ! ».

On dirait qu'elle joue aux fléchettes et que, dans sa version du jeu, c'est moi la fléchette et papa la cible. « Elle a besoin de nouveaux ceci ; elle a besoin de nouveaux cela ; le dentiste dit qu'elle a besoin d'un appareil ; elle a besoin de nouveaux vêtements pour la rentrée ; ci-joint la note pour la consultation chez son dermatologue, celui que ton assurance ne couvre pas. »

La partie n'est jamais finie, avec maman : elle se sert de tout ce dont « j'ai besoin » pour punir mon père et le matraque à coups de factures. C'est vrai ça : on a peine à imaginer ce qu'il lui en coûte de m'habiller de jeans griffés, de me conserver des dents droites, de lutter contre mon « acné juvénile »... Sans compter tout ce qu'elle doit encore m'acheter ! Elle se rue sur la prochaine dépense, puis court faire le total pour le lui envoyer « séance tenante », comme elle dit. Un jour, elle lui a même fait porter une facture à son bureau par coursier, alors qu'il avait des semaines pour la régler !

Papa essaie de limiter les dégâts en proposant des solutions plus économiques. Il lui arrive même, parfois, de demander des explications. Mais, chaque fois qu'il s'y risque, maman m'agite ses réflexions sous le nez comme un torero sa muleta, en criant : « Tu vois à combien il t'estime ? Il cherche toujours à obtenir un rabais ! S'il tient tellement à faire des économies, qu'il fasse donc les courses lui-même ! »

Papa dit qu'il veut juste s'assurer que j'en ai pour mon argent – enfin, pour le sien, en l'occurrence.

Qu'est-ce que j'ai comme chance d'avoir des parents qui se font tant de souci pour moi ! Je devrais m'estimer heureuse. Tout le monde ne rêve-t-il pas d'avoir des parents divorcés ?

Je me demandais si les autres filles qui devaient venir chez le Dr Marlowe, aujourd'hui, avaient aussi été changées en projectiles que leurs parents se jetaient à la tête.

Jade s'est fait conduire par le chauffeur de son père. C'était justement le week-end qu'elle devait passer avec lui, mais, comme par hasard, il avait déjà un autre rendez-vous de prévu. Nous autres, membres du COAP, Club des Orphelins Avec Parents, nous adorons le coup de « l'autre rendez-vous de prévu ». Ce que nos parents veulent dire par là, c'est : « J'ai mieux à faire que de passer mon temps à m'occuper de toi. Si je n'étais pas divorcé (e), ton père/ta mère pourrait aider un peu, mais non, ce n'est pas ainsi que les choses se passent chez nous. Nous sommes différents. Tu es... comme une fleur sauvage qui pousse hors du jardin : livrée à elle-même, obligée de se débrouiller toute seule les trois quarts du temps. Tu n'as plus qu'à croiser les doigts pour qu'il pleuve et qu'il y ait juste ce qu'il te faut de soleil parce qu'il n'y aura plus jamais personne pour t'arroser et te protéger. »

« Je devais avoir des œillères quand j'ai épousé ta mère », dit papa. « On m'avait droguée. Je ne vois pas d'autre explication pour justifier un acte aussi insensé », dit maman.

Est-ce que les parents des autres filles disaient des choses pareilles devant elles ? Quand mes parents s'entre-déchiraient, ils oubliaient tout bonnement que j'étais là. Par moments, j'en venais à me demander si je n'étais pas devenue invisible. Le Dr Marlowe avait raison sur un point : j'étais vraiment impatiente de savoir comment ça se passait chez les autres filles. C'est surtout ça qui m'avait poussée à venir. Oh ! je connais d'autres membres du COAP à l'école, mais, sans l'aide d'une psychothérapie, sans le Dr Marlowe pour faire la lumière dans les coins sombres, elles ne vous disent jamais vraiment ce qu'elles ont sur le cœur. Elles gardent ça enfermé à double tour, au plus profond d'elles-mêmes, parce qu'elles meurent de peur ou de honte à la seule idée qu'on puisse découvrir l'état d'isolement et de confusion dans lequel elles se trouvent en réalité.

Quant à Star, c'est sa grand-mère qui l'a accompagnée chez le Dr Marlowe. Nous avons appris, plus tard, qu'à soixante-huit ans cette brave mamie avait hérité d'elle et de son petit frère. Autrement dit : juste au moment où elle aurait été censée jouer les paisibles retraitées qui tricotent des pulls pour leurs petits-enfants en se balançant dans leur rocking-chair, voici que, tout à coup, devinez quoi : elle reprenait du service et redevenait maman !

Cathy est venue avec sa mère. Il a quasiment fallu un pied-de-biche pour lui arracher les mots de la bouche. Peut-être qu'elle a peur d'entendre le son de sa voix : elle serait obligée d'admettre qu'elle existe. À peine arrivée, elle nous faisait déjà penser à un petit chaton terrifié qui se roule en boule pour se cacher dans sa fourrure. C'est moi qui ai eu l'idée de l'appeler Cat au lieu de Cathy. Et, au bout du compte, vous savez quoi ? Elle aussi, elle trouve ça plus sympa.

C'est donc par une belle matinée quasi estivale que ma mère m'a déposée devant la porte du Dr Marlowe, à Brentwood. La brume marine commençait tout juste à se lever sur un ciel californien couleur jeans délavés, promesse d'une de ces magnifiques journées qui va forcément de soi pour tout habitant de Los Angeles normalement constitué. Si nuages il y avait, ce serait plutôt du genre soufflé meringué ; le vent donnerait dans la brise caressante et les voitures ne tarderaient pas à se transformer en miroirs ambulants.

Le monde dans lequel nous vivions était si parfait. Pourquoi étions-nous si imparfaites ? Mais, il avait beau faire un soleil resplendissant dehors, nous savions toutes qu'en rentrant chez nous nous retrouverions les mêmes recoins sombres et les mêmes murmures chuchotés derrière les portes. Je me disais souvent que tout le monde vivait en paix, sauf nous, que nous étions les otages d'une guerre du silence. Oh ! il n'y avait pas de coups de feu, bien sûr – quoiqu'on se demandait parfois s'il ne finirait pas par y en avoir. Sur notre champ de bataille, les blessés et les morts n'étaient que des souhaits mutilés et des espoirs déçus et les bombes, des mots, de cruels petits mots qu'on nous servait emballés dans des sourires glacés ou que nous lisions sur des documents officiels et qui planaient au-dessus de nos têtes, notre vie durant, comme des cendres après l'incendie qui avait ravagé notre foyer.

Le Dr Marlowe était une psychiatre renommée. Son cabinet marchait très bien. Je crois, du moins. En tout cas, elle habitait une immense maison de style Tudor, construite sur un terrain d'une superficie tout à fait respectable et dans un quartier extrêmement bien coté. Comme elle y vivait seule avec sa sœur, elle avait eu toute la place nécessaire pour y installer son cabinet.

Et pourquoi n'aurait-il pas marché, ce cabinet, d'ailleurs ? Après tout, elle ne risquait pas de souffrir d'une pénurie de patients : même les enfants qui ne viennent pas d'une famille désunie ont des problèmes et j'en connaissais plein qui suivaient une psychothérapie, dans le cadre scolaire ou à l'extérieur, avec un médecin privé.

C'était peut-être une épidémie. Arthur Polk, un des garçons de ma classe de première, disait que tous ces problèmes de « dysfonctionnement familial » résultaient d'une « prolifération de taches solaires ». Comme c'était un petit génie en informatique et une bête dans toutes les matières scientifiques, certaines filles pensaient qu'il pouvait avoir raison. Moi, je m'imaginais sa tête comme une ruche pleine d'idées différentes qui vrombissaient dans tous les sens, tant et si bien qu'à force elles finissaient par se télescoper. Chaque fois que je croisais son regard, il roulait des yeux comme des billes.

— Passe-moi un coup de fil pour me préciser à quelle heure je dois venir te chercher, Misty, me demanda ma mère, au moment où j'ouvrais la portière.

— Je te l'ai déjà dit.

— Oui, mais tu sais à quel point je perds la notion du temps, par moments. Si je ne suis pas à la maison, rappelle-toi : tu fais juste le quatre et le service de transfert d'appel te mettra directement en relation avec mon portable. D'accord, ma chérie ?

— OK.

Mais j'ai claqué la portière un peu trop fort. Elle déteste ça. Elle dit que ça « perturbe son équilibre nerveux ». À la façon dont tout « perturbe son équilibre nerveux », ces temps-ci, je me suis dit qu'elle ressemblait à un flipper et que, si on la secouait un peu trop, elle finirait par faire tilt : son regard deviendrait vide, ses yeux prendraient cet aspect vitreux d'ampoules éteintes et elle nous ferait une crise de tétanie.

Je me suis retournée pour me diriger vers le porche d'entrée, en espérant ne pas être la première. Si c'était le cas, je risquais de devoir me coltiner Emma. Emma, avec ses sourires plus toc que des fruits factices. Quand elle me parlait, et pendant toute la durée de la conversation, je la sentais qui me dévisageait à la recherche de quelque indice de démence précoce. Elle s'adressait à moi comme si j'avais neuf ans, tournant autour du pot pour me poser ses questions, et ponctuait chaque phrase que je prononçais ou qu'elle hasardait d'un petit rire nerveux. À mon avis, s'il y en avait une qui avait besoin d'une thérapie, c'était bien elle, pas nous.

C'est peut-être pour cette raison qu'elle vivait avec sa sœur. Elle avait au moins cinquante ans et, si elle avait bel et bien été mariée, elle avait divorcé, il y avait des années, et ne s'était jamais remariée. En tout cas, de ce que je pouvais en voir, si elle continuait à ce rythme-là, elle n'allait pas tarder à devenir un véritable ermite. Qui sait ? Son mari lui avait peut-être fait quelque chose de terrible ? Jade qui, comme je devais le découvrir plus tard, aimait à analyser tout le monde – sauf elle-même, évidemment –, avait décrété qu'Emma souffrait d'une maladie qui s'appelait l'agoraphobie, parce qu'elle avait peur d'être dans les endroits où il y a des gens. Peut-être Jade avait-elle raison ? J'avais déjà pu constater qu'il suffisait à Emma de mettre un pied dehors pour être immédiatement prise de panique.

Ni elle ni le Dr Marlowe n'avaient jamais eu d'enfant. Le Dr Marlowe devait tout juste avoir la quarantaine et elle n'avait jamais été mariée. Est-ce que ce serait un de ces cas où le cordonnier est toujours le plus mal chaussé ? Après tout, elle était censée être experte dans l'art d'élever les enfants. Or, elle n'avait aucun enfant à élever. Elle n'était pas repoussante au point qu'aucun homme ne veuille la regarder, pourtant. Peut-être qu'elle analysait tous les candidats potentiels et qu'ils n'appréciaient pas vraiment ses talents d'analyste. Je l'imaginais en train de faire l'amour et d'analyser chaque gémissement et chaque soupir pour en faire ensuite un compte rendu dactylographié. J'en ris encore toute seule.

Comment un psychiatre pourrait-il être romantique, de toute façon ? J'étais impatiente de savoir si les autres se faisaient ce genre de réflexions à son sujet. Oui, peut-être que ce serait amusant de rencontrer ces trois filles, finalement. C'est ce que je pensais en appuyant sur la sonnette.

Mon cœur battait la chamade. Nous étions toutes venues ici avant, mais jamais ensemble, jamais pour ce que le Dr Marlowe appelait une « thérapie par les pairs » : « une thérapie de groupe axée sur l'entraide à laquelle participent des personnes souffrant d'un problème similaire, en quelque sorte », m'avait-elle expliqué. Elle estimait que nous avions toutes atteint un stade auquel cette expérience pourrait se révéler bénéfique. Pour moi, le seul intérêt de la chose, c'était qu'aucune d'entre nous n'avait jamais vu les trois autres. La technique du Dr Marlowe consistait à en dire le minimum. Elle ne voulait pas que nous venions aux séances avec des idées préconçues, prétendait-elle. Ses informations se limitaient donc au nom de chacune des filles et à la parenté de la personne avec laquelle elle vivait depuis que ses parents avaient divorcé, s'étaient séparés ou depuis que la « cellule familiale » à laquelle elle appartenait avait éclaté. C'est l'expression que je préfère, d'ailleurs. « Éclaté », je veux dire. Le mot me semble plus juste. Et puis c'est exactement ce que je ressens. J'ai l'impression d'éclater, que mes bras et mes jambes sont en train de s'envoler et que je vais rester avec mon torse d'adolescente de seize ans, à chercher désespérément le moyen de sortir de ce cauchemar.

Quoi qu'il en soit, quatre filles qui ne s'étaient jamais parlé allaient se réunir dans une même pièce pour partager leurs peines, leur colère et leur angoisse; ce qui, au dire du Dr Marlowe, était censé accomplir des miracles. Je suis sûre que les autres étaient comme moi: très sceptiques et tout aussi anxieuses. Dans ma tête, une petite voix s'était mise à chanter une comptine de mon enfance:

Ni les guerriers du roi, ni ses chevaux,
Ne purent d'Humpty Dumpty recoller les morceaux.
Ni les chevaux, ni les guerriers du roi,
Ne purent remettre Humpty Dumpty à l'endroit.

Allez, docteur Marlowe, recollez donc les morceaux! me disais-je en attendant devant sa porte.

Le Dr Marlowe avait beau se vouloir rassurante, ce serait quand même comme se déshabiller sous les yeux de parfaites étrangères. Or, ce que la plupart d'entre nous allaient révéler, nous ne le révélerions même pas à nos parents, ou plutôt... surtout pas à nos parents.

Pourquoi?

Pour une bonne et simple raison.

Nous les haïssions.

1

— Bonjour, Misty, claironna, depuis l'escalier, la sœur du Dr Marlowe, au moment où Sophie, leur employée de maison, s'effaçait pour me laisser entrer.

Emma portait une de ses robes à fleurs dix fois trop grandes pour elle. Ses cheveux étaient coupés avec une précision chirurgicale juste au niveau du lobe de l'oreille et sa frange semblait peinte sur son front, à moins que chaque mèche n'ait été collée une à une, comme sur un mannequin de cire. Elle se teignait en noir corbeau – probablement pour cacher ses cheveux blancs –, le résultat étant qu'avec le contraste de sa peau blafarde, elle avait toujours une mine de papier mâché. Elle s'est figée sur les marches, comme si elle craignait que je fasse demi-tour.

Sophie a refermé la porte derrière moi. De quelque part, dans la maison, s'élevait une musique: la symphonie n° 40 en *sol* mineur de Mozart. N'allez pas croire que je sois experte en musique classique, non. La seule raison pour laquelle je reconnaissais ce morceau, c'est parce que nous l'avons étudié avec l'orchestre du lycée. Je joue de la clarinette. Au début, ma mère a eu peur que ça ne ruine les efforts de son cher – très cher – orthodontiste pour redresser ma denture et M. La Ruffa, notre chef d'orchestre, a dû pratiquement jurer sur la Bible qu'elle n'avait aucune inquiétude à se faire pour qu'elle concède enfin à apposer sa signature au bas de l'autorisation parentale.

Bien que j'aie pris la précaution d'apporter ma clarinette pour répéter chez lui, le week-end qui avait précédé ce grand événement, mon père avait complètement oublié de venir au concert de fin d'année. Ariel, sa petite amie – qui ne doit pas avoir plus de vingt ans et des poussières –, m'avait pourtant promis de le lui rappeler – ce que j'avais déjà trouvé hallucinant en soi. Elle avait l'air d'avoir une boule à facettes à la place du cerveau pour réfléchir les pensées des autres et les renvoyer à jet continu, le tout entrecoupé de petits gloussements qui me faisaient penser à des bulles de savon.

Quel que soit le degré d'insolence flagrante que je mettais dans mes sarcasmes, Ariel souriait. J'imagine que papa se sentait bien avec elle parce qu'elle ressemblait à un mannequin de chez Revlon et qu'elle ne le contredisait jamais. Quoi qu'il dise, elle opinait du bonnet ou ouvrait des yeux comme des soucoupes, comme s'il venait d'énoncer la révélation du siècle. Elle était tout l'opposé de ma mère qui, ces temps-ci, aurait contredit mon père s'il lui avait dit « bonjour ».

Mais Ariel, c'était, avant tout, la certitude de pouvoir satisfaire ses désirs à domicile. Au dire de ma mère et de ses amies, il n'y avait que ça qui comptait pour les hommes : le sexe.

— Le docteur va te recevoir dans une petite minute, m'annonça Emma.

À la voir agripper ainsi la rampe et avancer avec autant de précautions, on aurait dit qu'elle traversait un marécage infesté de crocodiles affamés.

Je me demandais si elle n'était pas alcoolique. C'était difficile à dire parce qu'elle s'aspergeait de parfum au point de couvrir la puanteur d'une benne à ordures. Allez donc essayer de sentir son haleine dans ces conditions ! Pourtant, elle avait pris au moins vingt kilos depuis que j'avais commencé ma thérapie et, quand j'avais dit ça à ma mère, elle m'avait répondu : « Peut-être qu'elle boit en cachette. »

Eh bien, elle avait intérêt à être grand format, la cachette !

— Comment vas-tu aujourd'hui, ma chère enfant ? me

demanda l'alcoolique présumée, en s'immobilisant à deux pas devant moi.

Emma n'était pas beaucoup plus grande que moi, mais on aurait dit qu'elle était tout enflée, comme si on avait fait une montgolfière d'un mètre cinquante-cinq de diamètre à son effigie, avec son énorme poitrine qui tendait sa robe à fleurs à distance respectueuse, chaque sein pointant tel un ballon de football sous l'étoffe.

Quant à moi, je portais ma tenue habituelle pour me livrer à ce genre de gymnastique mentale avec le Dr Marlowe : jeans, tennis, chaussettes blanches et un tee-shirt pris au hasard dans ma collection – que ma mère ne regardait jamais sans frôler la jaunisse. Sur celui d'aujourd'hui était imprimée une baleine. Un flot de liquide noir lui dégoulinait de la gueule et, au-dessous, on pouvait lire : *Oh zut alors ! encore une fuite de pétrole !*

Emma Marlowe ne semblait jamais remarquer ce que je portais. Aussi nerveuse qu'à l'accoutumée – j'en venais à me demander si ce n'était pas ma présence qui la perturbait –, elle pressa ses grosses lèvres l'une sur l'autre en guise de sourire. On aurait cru une gamine de cinq ans pouffant irrépressiblement.

— Le docteur demande que tu te rendes directement dans son cabinet, dit-elle d'une voix fluette et haut perchée comme quelqu'un sur le point de hurler.

J'ai aussitôt pensé : la bonne idée ! Voilà qui va nous soulager toutes les deux !

— Les autres sont-elles déjà arrivées ?

J'avais à peine formulé ma question que la sonnette retentissait. Sophie, qui se tenait en retrait sur le côté de la porte, bondit comme un diable de sa boîte. Tous nos regards se sont alors tournés vers la jolie fille, grande et élancée, qui se tenait sur le seuil. Elle avait des tresses et portait un petit pull de coton bleu ciel et une jupe bleu marine. Je me suis aussitôt dit que c'était exactement la silhouette que j'aimerais avoir quand mes maudites hormones se décideraient enfin à se réveiller.

— Oh, Star ! s'exclama Emma Marlowe, avant de se retourner brusquement vers l'endroit d'où provenait la musique, comme si elle cherchait du secours de ce côté. Entre, entre, s'empressa-t-elle d'ajouter.

« Star » ? J'avais pensé que c'était son nom de famille quand le Dr Marlowe m'avait parlé des autres filles. « Misty » était déjà difficile à porter, mais « Star » ! Le Dr Marlowe avait également oublié un petit détail : que la Star en question était noire.

Un léger rictus apparut au coin des lèvres de la nouvelle venue : expression manifeste de son mépris le plus souverain. Elle plissa ses yeux de braise et se mit à me regarder fixement. Pendant un moment, j'ai eu l'impression que nous étions deux as de la gâchette qui s'affrontaient en duel dans un western, prêts, l'un comme l'autre, à dégainer au moindre geste de l'adversaire. Aucune de nous deux n'a bougé.

— Je suis persuadée que le docteur entendait faire les présentations elle-même, mais... reprit Emma Marlowe. Star, voici Misty. Misty, voici Star.

— Salut.

— Salut, a-t-elle répondu.

Elle s'est immédiatement détournée pour river sur Emma un regard assassin, comme si elle la défiait d'oser seulement tenter de lui faire la conversation.

Au lieu de quoi, Emma agita vaguement la main en direction du cabinet de sa sœur et bredouilla :

— Vous pouvez... y aller directement... maintenant.

Nous nous sommes donc dirigées vers le cabinet. Ni Star ni moi n'avions besoin de guide : nous n'y étions, hélas, allées que trop souvent déjà.

La pièce était très grande pour un simple cabinet médical. D'un côté, c'était un véritable salon, avec deux grands canapés et quelques fauteuils de cuir marron, trois ou quatre guéridons et une grande table basse circulaire trônant au centre. De l'autre, les murs étaient lambrissés de chêne sombre et les portes-fenêtres s'ouvraient sur la piscine et le jardin, à l'arrière de la maison, face à l'ouest. De telle sorte que, quand vous aviez rendez-vous l'après-midi, le cabinet était inondé de soleil comme une scène de Broadway sous les feux de la rampe. En revanche, quand vous aviez rendez-vous le matin, non seulement vous ne profitiez pas du soleil, mais, quand le ciel était couvert, il fallait même allumer les lampes.

J'ai toujours pensé que les émotions et les sentiments qu'on éprouvait dans cette pièce devaient changer en fonction du temps. On apportait ici sa déprime et ses problèmes, comme des valises trop chargées, en espérant que le Dr Marlowe nous aiderait à les défaire. C'était plus difficile quand il faisait gris, comme si notre désarroi devenait tout à coup plus lourd à porter.

Je croyais aussi que les mauvais souvenirs étaient collés à mon cerveau avec de la Superglu et que, quand le Dr Marlowe en enlevait un, un morceau de moi partait avec.

Quelquefois, le Dr Marlowe s'asseyait derrière son bureau pour me parler tandis que, moi, je restais à ma place sur un des canapés. Je suppose qu'en mettant un peu plus de distance entre nous elle pensait que je m'ouvrirais plus facilement. Elle essayait des tas de petits trucs comme ça pour me tester et j'avais hâte de comparer mes notes avec celles de mes petites camarades du COAP pour voir ce qu'elles en pensaient.

Comme j'allais directement m'asseoir à ma place habituelle, Star se figea. C'était comme si je lisais dans sa tête à livre ouvert. Je lui ai demandé :

— Lequel des deux canapés tu préfères, d'habitude ?

Elle a jeté un coup d'œil à celui qui me faisait face, puis m'a répondu, en me décochant un regard noir :

— Qu'est-ce que ça peut bien faire, de toute façon ?

J'ai haussé les épaules et elle est restée debout.

— Dans mon lit, je dors toujours du côté droit. Et toi ?

— Hein ? glapit-elle, avec une moue dédaigneuse.

Mais, quand elle a fait la grimace, ses sourcils se sont rapprochés et ses oreilles ont remué – je vous jure : elles ont vraiment remué –, et ça m'a fait rire.

— Qu'est-ce qu'il y a de si drôle ? a-t-elle aboyé.

— Tes oreilles. Elles ont bougé.

Elle m'a regardée fixement pendant un moment, puis un large sourire s'est épanoui sur ses lèvres. Elle avait une peau si lisse, un teint si parfait qu'on aurait dit une sculpture d'ébène que l'artiste venait de polir dans son atelier. Alors que, moi, j'avais pratiquement tous les jours des boutons qui me sortaient de partout, sur le front, le menton… en dépit des tarifs prohibitifs de mon dermatologue attitré. Maman mettait ça sur le compte de ce que je mangeais derrière son dos. Le Dr Marlowe disait que le stress pouvait également causer ce genre de réactions cutanées. Si c'était vraiment le cas, alors ma tête n'aurait dû être qu'un furoncle géant.

— Je sais, m'a finalement répondu Star. Tout le monde me le dit. Mais je ne m'en rends pas compte… Et, moi aussi, je dors sur le côté droit du lit, a-t-elle ajouté, après avoir marqué un temps.

— Et, quand, pour une raison ou pour une autre, tu es obligée de dormir de l'autre côté, ça te pose un problème, non ?

— Oui, a-t-elle admis, avant de venir s'asseoir sur le même canapé que moi. Ça fait combien de temps que tu viens ici ?

J'ai réfléchi un moment.

— Environ deux ans, je crois. Et toi ?

— Presque un an. Je répète tout le temps à ma grand-mère que je devrais arrêter, mais elle ne veut rien entendre.

Je me suis souvenue que le Dr Marlowe m'avait parlé d'une fille qui vivait chez sa grand-mère.

— Tu vis toute seule avec ta grand-mère ?

— Oui.

Elle a dit ça d'un ton ferme, avec l'air d'être prête à me sauter à la gorge si j'avais le malheur de faire la moindre remarque sur le sujet. Loin de moi cette pensée. En fait, je l'aurais plutôt enviée.

— Je n'ai jamais connu les parents de mon père. Sa mère est morte, quand il était petit, et son père, quand je n'étais encore qu'un bébé. Les parents de ma mère vivent à Palm Springs, mais je ne les vois que très rarement. Ce sont des mordus de golf. Je crois que la seule façon de les voir plus souvent serait de me faire caddie.

— De te faire quoi ?

— De devenir caddie, quoi ! Tu sais, la personne qui porte les clubs de golf et tout ça.

— Ah !

— Un jour, je leur ai donné des balles de golf avec ma photo dessus pour qu'ils puissent me regarder de temps en temps. Mais ils n'ont pas voulu s'en servir parce qu'ils n'aimaient pas me frapper sur la tête.

Les sourcils de Star se sont de nouveau rapprochés et ses oreilles ont remué.

— C'est une blague ?

— Han han. Je mens tout le temps.

Elle m'a dévisagée un instant en silence, puis elle s'est mise à rire.

— Oh ça, je veux bien le croire ! s'est-elle exclamée avec un chaleureux sourire.

— Tu t'appelles vraiment Star ou c'est un surnom ?

Son sourire a subitement disparu et ses yeux noirs se sont changés en charbons ardents.

— Et toi ? a-t-elle aussitôt riposté. Tu t'appelles vraiment Misty ?

— Oui. Ma mère m'a donné un nom de film parce que mon père et elle ne parvenaient pas à se mettre d'accord sur un prénom. Et toi, ça vient d'où Star ? Et ne me dis pas que ta mère t'a mise au monde à la belle étoile et qu'elle t'a donné le nom de la première chose qu'elle a remarquée en ouvrant les yeux ?

Avant qu'elle n'ait le temps de répondre, la fille la plus jolie et la plus élégante que j'aie jamais vue a fait son entrée dans la pièce. Elle avait de longs cheveux châtain foncé avec des reflets auburn, des yeux verts en amande, des pommettes hautes qui donnaient une sorte de noblesse à son visage et des lèvres pleines parfaitement ourlées. Son nez n'était pas très long, mais légèrement retroussé, juste ce qu'il fallait. J'ai tout de suite pensé à la chirurgie esthétique, évidemment. Elle était aussi beaucoup plus maquillée que je ne l'aurais été en pareille occasion: qui irait se mettre de l'ombre à paupières et de l'eye-liner pour un rendez-vous chez le médecin? En fait, elle me rappelait ma mère – qui était passée maître dans l'art d'être toujours « trop habillée » et qui faisait monter, à elle toute seule, les actions des industries cosmétiques à Wall Street.

La nouvelle venue portait un tailleur pantalon griffé et, à la voir, on aurait pu penser qu'elle se rendait à un défilé de mode. J'ai jeté à Star un coup d'œil en coin: elle avait un air franchement réprobateur.

— Je m'appelle Jade, a annoncé la nouvelle, en repoussant une mèche de sa longue chevelure qui cascadait souplement jusqu'à la moitié du dos. Et vous, qui êtes-vous, Misty, Star ou Cathy?

— Misty, et voici Star, dis-je, en désignant ma voisine. Nous étions justement en train de parler de la façon dont nous avions été baptisées. Tes parents sont dans la bijouterie?

Jade m'a examinée un moment, puis s'est tournée vers Star pour voir si nous la faisions marcher. Elle a dû estimer que non.

— Mes parents m'ont appelée Jade à cause de la couleur de mes yeux, a-t-elle répondu tout simplement. Mais où est donc ce bon docteur? a-t-elle aussitôt enchaîné, en se tournant vers le bureau vide avec un mouvement d'impatience.

— Elle se prépare, je suppose, ai-je répondu.

— Elle se prépare?

— Tu sais, elle met son masque de psy; elle aiguise ses griffes...

Star a éclaté de rire. Jade a levé un sourcil, pincé les lèvres et s'est assise avec grâce sur l'autre canapé. Elle a croisé les jambes et s'est adossée dignement, en veillant à garder la tête haute.

— Je ne sais pas si cette séance est vraiment une bonne idée, finalement, a-t-elle murmuré après un moment de silence.

— Pourquoi tu es venue, alors? lui a lancé Star.

Surprise, Jade s'est tournée vers elle. L'expression qui

se peignait sur son visage m'a donné l'impression qu'elle ne l'avait pas encore vraiment regardée et qu'elle venait juste de se rendre compte qu'il y avait une fille noire dans notre petit groupe.

— J'étais plutôt réticente au début, mais, à force d'arguments, le Dr Marlowe a fini par me convaincre.

— On y a toutes eu droit, à ses arguments, lui a rétorqué Star. (Ce qui tombait sous le sens, à mon avis.) Pourquoi ? Qu'est-ce que tu croyais ? Que nous brûlions toutes de déballer nos petites histoires devant une brochette d'inconnues ?

Jade s'est agitée nerveusement, a regardé sa montre et jeté un coup d'œil anxieux vers la porte. Au même moment, nous avons entendu des pas dans le couloir et le Dr Marlowe est apparue avec une fille plutôt trapue qui devait être aussi petite que moi. Elle avait l'air plus âgée pourtant. Ses longs cheveux d'un brun terne tombaient dans un tel désordre sur ses épaules qu'elle semblait s'être coiffée avec un râteau. L'ample pull-over gris qu'elle portait ne faisait rien pour dissimuler une poitrine plus qu'avantageuse qui rivalisait presque avec celle d'Emma. Sa jupe lui tombait pratiquement à la cheville. Son visage était franchement disgracieux, sans la moindre touche de maquillage pour éclairer un peu ses yeux noisette larmoyants, son teint pâle et sa bouche aux contours indistincts. Elle se mordait les lèvres.

— Bonjour, mesdemoiselles. Voici Cathy. Cathy, laisse-moi te présenter Misty, Star et Jade, a dit le Dr Marlowe, avec un petit hochement de tête pour chacune d'entre nous.

Cathy nous a jeté un bref regard à la dérobée avant de baisser de nouveau les yeux.

— Cathy, pourquoi ne vas-tu pas t'asseoir là-bas, à côté de Jade ? lui a suggéré le Dr Marlowe.

Cathy semblait paralysée. Elle a hésité un long moment, le regard rivé à la place indiquée, comme si c'était un gouffre qui menaçait de l'engloutir, mais a tout de même fini par s'y installer.

Vêtue d'un tailleur pantalon bleu marine, le Dr Marlowe a pris place sur un des fauteuils du milieu, probablement pour avoir une vue globale de notre petit comité. Habituellement, avant la fin de la séance, elle enlevait sa veste et déambulait avec les mains derrière le dos. À présent, elle pressait ses longs doigts effilés les uns contre les autres et souriait. Ma mère aurait tôt fait de remarquer qu'elle ne portait pas de bagues de prix, mais une montre bon marché. Elle aurait surtout remarqué qu'elle ne se vernissait pas les ongles.

Le sourire du Dr Marlowe n'était pas facile à déchiffrer. Une lueur de manifeste intérêt allumait son regard, quand je disais certaines choses, et même, parfois, j'y décelais une réelle satisfaction. Mais, à d'autres moments, son visage bougeait de façon si mécanique que je la soupçonnais de tout calculer, jusqu'à son moindre geste, pour obtenir le résultat qu'elle attendait. Elle portait un carré impeccable, mais ses cheveux étaient d'un vilain blond sale. Des clips d'argent massif ornaient le lobe de ses oreilles, mais aucun collier ne venait souligner son cou. Son chemisier de soie blanc était fermé par des boutons de nacre qui montaient pratiquement jusqu'au menton.

Notre psychothérapeute n'était pas franchement jolie. Elle avait le nez un peu trop long et les lèvres un peu trop minces. Contrairement à sa sœur aînée, elle était élancée, mais elle était très grande pour une femme : elle faisait au moins un mètre quatre-vingts. Comme elle avait de très longues jambes, quand elle s'asseyait, ses genoux lui remontaient si haut que c'en devenait presque comique. Sans mentir, je crois bien que, de la taille jusqu'au sommet du crâne, son torse ne faisait même pas un tiers de son corps tout entier. Et elle avait de si longs bras qu'elle pouvait s'adosser tout en gardant les mains sur les genoux. Peut-être que c'était justement ce physique ingrat qui l'avait poussée à concentrer tous ses efforts sur sa réussite professionnelle ? Elle avait peut-être décidé de devenir ce qu'on appelle « une tête » plutôt qu'une beauté ?

Ma mère critiquait souvent la coiffure et la tenue du Dr Marlowe, proclamant qu'elle aurait pu « faire des merveilles avec elle, si seulement on lui avait laissé carte blanche ». Ma mère croyait aux miraculeux pouvoirs des coiffeurs et des chirurgiens esthétiques. Dans son esprit, ils détenaient même la clef de la paix dans le monde : si on débarrassait la planète de tous les laids, pourquoi diable les gens iraient-ils encore se battre ?

— Je suppose que vous avez eu le temps de faire connaissance, déclara le Dr Marlowe, en guise de préambule.

— Ce serait beaucoup dire, répondit Jade, les lèvres tellement pincées que les mots devaient lui dégouliner au coin de la bouche.

— Parfait. À partir de maintenant, tout ce qui doit être dit ou révélé sur vous et par vous devra l'être dans ce cabinet pour que nous puissions le partager toutes ensemble. C'est là un point très important que je tenais à souligner avant de commencer.

— Je ne comprends toujours pas ce qu'on fait ici, lâcha Star, d'un ton sec. On ne sait quasiment rien de ce qui nous attend et on dirait qu'il y en a, parmi nous, ajouta-t-elle, en foudroyant Jade du regard, qui ne semble pas franchement enchantée de la situation.

— Je sais, Star, mais tout est une question de confiance. Si nous ne prenons pas quelques petits risques, nous ne progresserons jamais et ça ne nous mènera nulle part.

— Parce que c'est censé nous mener où, au juste ? répliqua Star.

C'était plus fort que moi, j'ai éclaté de rire.

Un petit sourire s'était dessiné sur les belles lèvres de Jade et Cathy faillit en lever les yeux du plancher.

— À vous-même, rétorqua le Dr Marlowe, qui répondait à la provocation avec une lueur quasi espiègle dans les yeux. C'est un retour sur toi-même, Star. Sur ce que tu devrais être, sur ce que tu veux être. Un retour au beau, après la tempête, après le froid des averses battantes, une embellie au sortir de l'orage avec tous ses gros nuages noirs.

Quand elle parlait comme ça, avec sa douce voix mélodieuse de thérapeute, c'était si agréable qu'il aurait été impossible de ne pas l'écouter. Cathy, elle-même, avait levé les yeux et la regardait comme si elle lui agitait sous le nez la promesse d'un bonheur éternel et qu'elle n'eût qu'à tendre la main pour l'obtenir.

— Loin de notre souffrance, de notre mal être, enchaîna le Dr Marlowe. Voilà où cela doit nous mener. Y es-tu prête, Star ?

Star m'a jeté un coup d'œil en coin et s'est contentée de hocher la tête.

— Bien. En fait, cela va se passer très simplement. C'est vous qui allez parler la plupart du temps. Quant à moi, je ne ferai qu'écouter. Et, quand l'une d'entre vous parlera, les autres l'écouteront avec moi.

— Vous voulez dire que nous allons rester là, comme des plantes vertes ? Nous ne pourrons même pas poser de questions ? s'indigna Jade.

— Qu'en pensez-vous ? demanda le Dr Marlowe, qui nous renvoyait la balle, comme à son habitude. C'est à vous de définir les règles. Pourrez-vous vous poser mutuellement des questions ?

— Oui, ai-je répondu. Pourquoi pas ?

Le Dr Marlowe s'est tournée vers Star et Cathy. Star a fait « oui » de la tête, mais Cathy a détourné les yeux.

— Bien. Peut-être pourrions-nous simplement commencer et voir comment cela se passe, décida-t-elle.

— Que sommes-nous censées raconter, au juste ? s'enquit Jade.

— À chaque séance, l'une d'entre vous racontera sa propre histoire, répondit le Dr Marlowe. C'est la raison pour laquelle j'ai prévu quatre séances d'affilée.

— Notre histoire ? Mais je n'ai pas d'histoire à raconter, moi ! protesta Star.

— Tu sais parfaitement que si, Star. Chacune d'entre vous commencera là où elle voudra. Vous êtes aujourd'hui dans ce cabinet. Comment êtes-vous arrivées jusqu'ici ?

— C'est mon chauffeur qui m'a déposée, lâcha Jade sans un sourire.

— Allons, Jade. Tu sais très bien ce que je veux dire, la reprit posément le Dr Marlowe.

Jade se rencogna dans le canapé et croisa les bras, soudain impénétrable. Elle semblait défier notre bon docteur de parvenir à forcer le coffre-fort dans lequel elle avait enfermé ses secrets.

— Et qui va commencer, alors ? demanda Star.

Le Dr Marlowe se tourna vers Cathy qui, pourtant d'une pâleur déjà effrayante, réussit encore à blêmir. Son regard se dirigea alors vers Jade, passa sur Star et s'arrêta sur moi.

— J'aimerais que ce soit Misty qui commence, dit-elle. C'est, d'entre vous toutes, celle qui travaille avec moi depuis le plus longtemps. Tu es d'accord, Misty ?

— Bien sûr, ai-je acquiescé.

Et je me suis tournée vers les autres.

— Il était une fois une petite fille surgissant du néant pour apparaître dans ce monde merveilleux : c'était moi. Sur le coup, mes parents ont bien essayé de me renvoyer d'où je venais, mais il était déjà trop tard.

Jade s'esclaffa ; Star sourit jusqu'aux oreilles et Cathy écarquilla les yeux.

— Allons, intervint le Dr Marlowe, tâchons de ne pas perdre notre temps.

Et elle m'a décoché un de ces regards qu'elle m'adresse quand elle veut m'inciter à un peu plus de sérieux.

J'ai pris une profonde inspiration.

— OK, je vais essuyer les plâtres, lui ai-je répondu, en me redressant. Ça ne me dérange pas de raconter mon histoire, de toute façon.

J'ai jeté un regard circulaire à mon auditoire, un large sourire aux lèvres.

— Qui sait ? Peut-être que quelqu'un en fera un film et que je remporterai un Oscar.

2

— Je pourrais vraiment commencer mon histoire par « Il était une fois » parce que, pendant longtemps, j'ai réellement cru que j'étais une petite princesse qui vivait un vrai conte de fées. Ma mère et moi vivons encore à Beverly Hills, dans la villa où j'ai grandi. Certains pourraient même appeler ça un château, à cause de cette grande tour ronde avec son toit en forme de chapeau chinois, celle qui abrite le portail d'entrée.

« C'est vraiment une grande maison. Sans les interphones, ma mère se casserait la voix à force de s'égosiller pour m'appeler, et, quand je ne réponds pas à l'interphone, elle m'appelle sur mon téléphone personnel. J'ai le signal d'appel. Alors, quand je suis au téléphone avec quelqu'un, elle me passe un coup de fil et me dit : "Misty, j'ai besoin de toi en bas. Lâche ce téléphone et viens immédiatement. Je sais que tu es en ligne."

« Elle a raison, bien sûr. Je passe mon temps au téléphone. Quand nous étions une petite famille unie, avec des sourires qui flottaient à travers toute la maison comme des ballons, mon père disait toujours que j'étais née avec un combiné vissé à l'oreille et que c'était même pour ça que l'accouchement de ma mère avait été si difficile.

J'ai posé mon regard sur le Dr Marlowe.

— Je ne sais pas si je vous ai déjà parlé des affreux tourments que j'ai causés à ma pauvre maman quand l'heure sonna pour moi de pointer le bout de mon nez en ce bas monde. Elle a souffert mille morts pendant plus de vingt heures. Quelquefois, quand elle se fait un plaisir de me rappeler mon « horrible naissance », elle va même jusqu'à vingt-quatre heures. Elle a même poussé jusqu'à vingt-huit, un jour.

Je me suis retournée vers les autres filles.

— Je lui ai dit que c'était bien la preuve que je voulais rester là où j'étais.

J'ai levé les mains au ciel et je me suis mise à sauter sur le canapé.

— « Non, non, je criai dans le ventre de ma mère. Vous, les toubibs, bas les pattes ! Laissez-moi tranquille ! »

Jade et Star riaient. Cathy elle-même ébaucha un sourire.

— Tu m'as déjà raconté cela, oui, me répondit le Dr Marlowe. Mais pas de façon si… imagée.

— Eh bien, c'est vrai. Elle a été recousue, après, aussi. Elle adore s'installer confortablement pour vous décrire tout ça en détail, en insistant bien sur les plus glauques : les vomissures, le sang, la douleur, les contractions et tout ça.

— Pour quelle raison, à ton avis ? me demanda le Dr Marlowe.

Je l'ai reprise de volée :

— Ah ! On pose des questions, alors ?

Elle a souri.

— Déformation professionnelle.

— Elle veut juste me culpabiliser et m'apitoyer sur son sort pour que je prenne son parti contre mon père, je suppose. Elle ne cesse de me répéter combien la vie est plus facile pour les hommes, surtout dans le mariage. C'est bien pour ça, non ?

Comme d'habitude, le Dr Marlowe a conservé un visage impassible, aussi expressif qu'un tableau noir. Mais je n'avais pas besoin de son assentiment : je savais que c'était vrai, de toute façon.

— Bref. J'ai pu croire un moment que j'étais une princesse parce que je pouvais avoir tout ce que je désirais. Je peux toujours avoir tout ce que je veux, d'ailleurs, et même peut-être plus, depuis que mes parents ont divorcé.

Ma mère se plaint à longueur de journée du montant de sa pension alimentaire. Ce n'est jamais assez, pour elle. Et, si mon père a le malheur de m'offrir quelque chose, elle grogne et gémit : « Ah ! il a toujours assez d'argent pour se faire bien voir, mais jamais pour me donner une pension alimentaire décente ! » En réalité, je déteste recevoir quoi que ce soit. Ça ne fait qu'augmenter le volume de ces maudits parasites. Parfois, il y en a tellement que je suis obligée de me boucher les oreilles !

Tout le monde me regardait. J'avais presque hurlé en liant le geste à la parole. Au bout d'un moment, la sensation a disparu, mais j'ai dû prendre une profonde inspiration pour pouvoir continuer :

— Quelquefois, je vois ma vie en couleurs.

J'ai vu Jade hausser un sourcil. Peut-être qu'elle faisait la même chose ?

— Quand j'étais petite et que nous formions une parfaite petite famille, tout était en rose et or. Après la séparation de mes parents, et tous les ennuis qui en ont découlé, le monde est devenu gris et tout a soudain pâli. Je me suis dit que j'étais un peu comme Cendrillon : minuit sonne ; il y a un nuage de fumée et pouf ! plus de princesse ! Et me voilà devenue une... une...

— Une quoi ? demanda le Dr Marlowe.

J'ai jeté un coup d'œil circulaire.

— Une orpheline avec parents.

Jade a hoché la tête, les yeux soudain brillants. Star a pris un air très sérieux et Cathy a brusquement levé la tête et m'a regardée comme une aveugle à laquelle j'aurais rendu la vue.

— Mon père travaille pour une société de capital-risques et voyage beaucoup. Ça m'a toujours posé des problèmes pour expliquer ce qu'il faisait vraiment dans la vie. Les autres enfants de mon âge pouvaient toujours vous dire en un ou deux mots ce que faisaient leurs parents : avocat, médecin, dentiste, pharmacien, directeur de marketing, infirmier...

« Mon père, lui, s'occupe d'investissements. Il met de l'argent dans des affaires et, je ne sais trop comment, se débrouille pour les absorber et les revendre avec un bénéfice. C'est la façon dont il me l'a expliqué, en tout cas. Je me souviens que, sur le coup, je me suis dit que ce n'était pas très juste : prendre la société de quelqu'un d'autre pour la vendre, ça ne me semblait pas très honnête. Mais, comme je lui posai la question, il m'a dit : "Il ne faut pas voir les choses de cette façon. C'est du business, Misty, tu comprends ?"

« D'une façon ou d'une autre, tout est "du business" pour lui. À croire que cette expression suffit, à elle seule, à tout expliquer de ce qui se passe dans le monde. Peut-être même qu'à ses yeux l'amour aussi, c'est "du business". En tout cas, je sais que toute cette histoire de divorce est bel et bien du business : quand ce n'est pas son avocat, ma mère passe son temps à appeler son comptable.

« Maman a décrété de faire disparaître toute trace de papa à la maison. Elle y a même mis un zèle plutôt pervers. Pendant les jours qui ont suivi le départ de mon père, elle a fureté dans toutes les pièces en quête du moindre indice prouvant qu'il avait bien vécu là. Elle a poussé le vice jusqu'à prendre une à une toutes les photos sur lesquelles ils apparaissaient ensemble pour le découper avec une paire de ciseaux – pour celles sur lesquelles elle se trouvait bien, du moins, sinon elle s'est contentée de les brûler. Elle a vendu ou donné plein de super trucs parce que c'étaient des objets dont il s'était servi ou qu'il aimait particulièrement. Elle est même allée jusqu'à jeter les outils rangés dans le garage. Comme je lui faisais remarquer qu'elle en serait quitte pour les remplacer, elle m'a répondu : "Au moins, les autres ne porteront pas son empreinte."

« Son empreinte ? Eh bien, qu'est-ce que je devrais dire, alors ? Pouvait-il exister quelque chose qui porte plus son empreinte que moi ? Je lui ressemble quand même un peu, non ? Il y a même eu des moments où je l'ai surprise à me regarder fixement et où je me suis demandé si elle n'était pas en train de penser que je lui ressemblais un peu trop. Comment pourra-t-elle bien faire pour changer ça, hein ? Peut-être qu'elle m'emmènera consulter son chirurgien esthétique et qu'elle lui demandera d'effacer toute trace de mon père sur mon visage ?

« Enfin bref. Nous avions aussi ce gros fauteuil dans le salon, le genre de fauteuil pourvu d'un repose-pieds qui rentre et sort automatiquement jusqu'à ce que l'on puisse pratiquement s'allonger dessus. Papa adorait ce fauteuil et y passait le plus clair de son temps quand il était dans le salon. Je sais que ça va vous sembler bizarre, mais, dans les premiers temps de leur divorce, avant que ma mère ne purge la maison de tout ce qui pouvait lui rappeler mon père, j'avais pris l'habitude de me pelotonner dans ce fauteuil. J'enfonçais mon visage dans le dossier pour y retrouver son odeur, comme s'il était encore là et que nous formions encore une gentille petite famille.

« Et puis, un après-midi, pendant que j'étais à l'école, elle a donné le fauteuil à Emmaüs. Pendant longtemps, il n'y a rien eu à sa place qu'un grand vide. On ressent ça, parfois, cet espace vide, quand on marche dans la rue avec sa mère ou son père et qu'il n'y a personne de l'autre côté, non ? Oh que oui ! me suis-je soudain exclamée, avant même que les autres aient eu le temps de répondre.

J'ai soudain eu la tête pleine de parasites et j'ai dû fermer les yeux jusqu'à ce que ça passe. Puis j'ai repris une profonde inspiration et j'ai poursuivi :

— Pendant une longue période, après ma naissance, j'ai eu une nounou. Ma mère avait besoin de se remettre de mon « horrible naissance » et l'infirmière qui était venue à la maison avec nous, à son retour, s'y est finalement installée à demeure. Elle s'appelait Mary Williams.

J'ai jeté un coup d'œil à Star.

— Elle était noire. Elle avait la trentaine, quand elle vivait chez nous, mais, quand je pense à elle maintenant, je revois une femme beaucoup plus âgée. Elle est restée avec nous jusqu'à ce que j'aie quatre ans et que j'aille à l'école.

Une idée m'a soudain traversé l'esprit et je me suis mise à rire.

— Je me souviens de ma mère faisant toute cette histoire à propos des expositions au soleil, qu'il ne fallait pas s'exposer, que ça donnait des rides. Je croyais que Mary avait la peau noire parce qu'elle était restée trop longtemps au soleil.

Star pinça les lèvres et secoua la tête.

— Je posais toujours des questions, paraît-il. Ma mère m'a dit que, quand j'étais petite, je l'épuisais avec mes « Et pourquoi ci ? Et pourquoi ça ? », à tel point qu'elle essayait littéralement de me fuir, m'entraînant dans son sillage comme un bébé canard qui aurait fait « Pourquoi, pourquoi, pourquoi » au lieu de « Couac, couac, couac ».

Le sourire de Cathy s'élargit, mais c'était ce que j'appelais un demi-sourire : il n'y avait que la bouche qui souriait. Ses yeux demeuraient sombres ; son regard, prudent, sur la défensive, presque effrayé. Je me suis dit qu'elle ressemblait vraiment à un chat.

— Quand mon père ne voyageait pas, nous nous réunissions pour dîner en famille. Il m'arrive de penser que c'est ce que je regrette le plus. Notre salle à manger est immense : elle n'en finit pas. Quand vous vous asseyez à un bout et que, mettons, vous êtes sur cette côte, eh bien alors, à l'autre bout, c'est carrément la côte est.

Le regard inexpressif du Dr Marlowe s'éclaira et l'ombre d'un sourire flotta sur ses lèvres.

— J'ai été élevée dans le respect de la plus stricte étiquette, cela va de soi. Ma mère justifiait ces efforts par le fait, me disait-elle, que la jeune et jolie demoiselle que j'allais devenir serait amenée à côtoyer la meilleure société. « La jeune et jolie demoiselle » ! Mais dans quel monde vit-elle donc ?

Je jetai un coup d'œil à Jade qui hocha la tête.

— En tout cas, vous n'auriez pas pu trouver enfant plus poli. Je disais toujours « S'il vous plaît » et « Merci » et je n'interrompais jamais les grandes personnes.

« Papa me rapportait toujours des poupées de chacun de ses voyages. Certaines venaient même de pays lointains. J'avais tellement de jouets que j'aurais pu ouvrir un magasin. Mes placards étaient bourrés de vêtements hors de prix, de dizaines et de dizaines de paires de chaussures et j'ai une coiffeuse avec un miroir en ivoire. J'ai aussi un séchoir à cheveux, un sauna facial et un brumisateur des plus grandes marques, les dernières lotions pour le visage et les traitements de phytothérapie les plus pointus. Être belle est une affaire de la plus haute importance à la maison.

J'ai suivi le cours de mes pensées quelques instants, en regardant dehors par les portes-fenêtres, puis j'ai repris :

— Mon père est un très bel homme. Lui aussi fait très attention à son apparence. Il prend soin de lui. Il est abonné à un de ces clubs de gym très exclusifs, vous savez ? C'est d'ailleurs là qu'il a rencontré Ariel, sa poupée Barbie en chair et en os.

« Papa est toujours bronzé. Ça fait ressortir ses cheveux blonds. Il les laisse pousser ces temps-ci. Ma mère dit qu'il essaie de paraître vingt ans de moins pour que son physique soit enfin en accord avec son âge mental. Ils se critiquent comme ça tout le temps, et je suis censée rester là, parfaitement indifférente, comme si ça ne me faisait strictement rien. Sinon, il faut que je prenne le parti de l'un des deux contre l'autre.

Mes yeux se rétrécissaient et je sentais la colère commencer à monter.

— Je ne parviens pas à croire que j'aie pu un jour considérer mes parents comme des êtres parfaits. Je trouvais maman aussi belle qu'une star de cinéma. Elle passait autant de temps à se maquiller et à s'habiller, en tout cas. Aujourd'hui encore, elle ne met jamais un pied dehors sans être impeccablement coiffée et maquillée et sans que sa toilette, ses chaussures et ses bijoux soient parfaitement assortis. Elle raille les efforts de papa parce qu'il essaie de faire plus jeune, mais elle tomberait dans le coma à la vue d'un cheveu blanc ou à la simple perspective de prendre une ride. Elle a subi une intervention de chirurgie esthétique pour se faire tirer la peau du menton et des yeux. Je suis censée n'en parler à personne, bien entendu. Elle ne respire que pour s'entendre complimenter sur la jeunesse de son allure, la minceur de sa silhouette et la beauté de son visage. Elle se lance alors dans sa grande scène d'experte en beauté éternelle, comme quoi elle surveille constamment son alimentation, ne se soigne que par phytothérapie, emploie cette crème fantastique et fait régulièrement de l'exercice. Elle n'avoue jamais la vérité.

« C'est marrant ce qu'on parvient à croire quand on est gosse. On passe à côté de tous ces petits mensonges. Ils sont là, juste sous notre nez, mais on n'y prête pas attention. Pendant des années, on croit que ça fait juste partie du jeu auquel se prêtent encore les adultes, quand ils deviennent grands : ils jouent à faire semblant. Et puis, un jour, on se réveille et on se rend compte que la majeure partie du monde dans lequel on vit n'est construit que sur des chimères. Mes parents se sont menti pendant des années avant de se décider enfin à le reconnaître et à demander le divorce.

« Un jour – je devais avoir douze ans –, ma mère a découvert que mon père avait eu une aventure avec une femme qui travaillait dans sa société et qu'elle était avec lui lors de ce voyage d'affaires au Texas. Il s'était fait stupidement prendre avec des factures, des récépissés ou quelque chose comme ça. Quand il est rentré à la maison, elle l'attendait, assise dans le couloir, juste devant l'entrée, avec la preuve du délit sur les genoux, comme un revolver qu'elle aurait été prête à utiliser contre lui.

« J'étais dans ma chambre, en train de parler au téléphone avec ma meilleure amie, Darlene Stratton, quand j'ai entendu un fracas en bas, le bruit de quelque chose qui se brise contre un mur. Elle lui avait jeté à la tête un vase de Chine, une pièce rare qui valait une fortune. Après, il y a eu un moment de silence, et puis la dispute a éclaté. J'ai raccroché le téléphone pour aller voir ce qui se passait. J'ai gagné le haut de l'escalier sur la pointe des pieds et j'ai entendu ma mère hurler sur cette femme, et sur mon père et sa trahison. Il a vaguement essayé de se défendre, mais, quand elle lui a présenté les preuves qu'elle détenait, c'est lui qui s'est mis à l'accuser.

— Comment pouvait-il l'accuser, elle ? lâcha Star, qui semblait tout à coup nettement plus attentive.

— Eh bien, c'est à ce moment-là que j'ai découvert que mes parents avaient des problèmes sexuels. Mon père reprochait à ma mère d'être complètement frigide, la plupart du temps, et, même quand ils faisaient l'amour, il disait qu'elle se plaignait toujours d'avoir mal.

« "Ce n'est pas normal, assurait-il. Il faut que tu voies un médecin à ce sujet.

« — Mais j'en ai déjà parlé à mon gynécologue, répondait-elle, et il m'a dit que tout allait parfaitement bien. Tu veux simplement te trouver des excuses.

« — Je ne parlais pas de ce genre de médecin-là. C'est un psychiatre que tu devrais aller consulter, lui a-t-il rétorqué. Avec toi, j'ai l'impression d'être un violeur chaque fois que je veux faire l'amour."

« Ma mère s'est alors mise à pleurer et il lui a demandé de le pardonner. Il s'était laissé entraîner dans un moment d'égarement, après avoir consommé une trop grande quantité d'alcool.

« Pendant ce temps-là, j'étais assise sur les marches et j'entendais tout. Il lui a dit qu'il s'était simplement senti seul.

« "Je te jure que je ne l'aime pas, lui disait-il. Ça aurait pu être n'importe qui." Mais ça n'a fait que jeter de l'huile sur le feu.

« "Comment crois-tu que je me sens, en entendant ça ? s'est-elle écriée. Que crois-tu donc que ça me fait de savoir que tu serais capable de coucher avec n'importe qui avant de venir me rejoindre dans notre lit ?"

« Il s'est confondu en excuses, n'a cessé de lui demander pardon. Il lui a juré que ça ne se reproduirait plus jamais. Mais il l'a tout de même suppliée de consulter un psychiatre.

« "Tu ne cherches qu'à te disculper et à me faire porter toute la responsabilité de ta faute, l'a-t-elle de nouveau accusé. Mais ça ne prend pas ! Non, ça ne prend pas !"

« Elle s'est alors dirigée vers l'escalier et j'ai dû regagner furtivement ma chambre.

« Pendant des jours et des jours, après cette dispute mémorable, ça a été comme s'ils étaient devenus muets : si je ne parlais pas à table, personne n'ouvrait la bouche. Ils se servaient du silence comme d'un couteau qu'ils se plongeaient mutuellement dans le cœur. Jusqu'à ce qu'un jour ma mère achète une robe de grand couturier pour une soirée quelconque à laquelle ils devaient assister tous les deux et que mon père lui dise qu'elle était magnifique.

« Brusquement, les vannes de l'indulgence se sont ouvertes et ils ont fait comme s'ils ne s'étaient jamais disputés. J'ai eu l'impression que je vivais dans un rêve où les gens, les mots, les événements qui se passaient autour de moi n'étaient que des bulles de savon qui éclataient, sans que personne puisse dire s'ils avaient réellement existé ou non. Évidemment, à l'époque, j'ignorais la gravité du problème.

J'ai repris mon souffle.

C'est le moment que choisit Emma pour franchir la porte avec son plateau. Elle, ou plutôt Sophie, avait disposé dessus une bouteille de limonade, cinq verres ainsi qu'une assiette pleine de cookies, certains avec des pépites de chocolat noir, et d'autres avec des pépites de chocolat au lait.

— J'ai pensé que vous pourriez avoir besoin des rafraîchissements maintenant, docteur Marlowe, murmura-t-elle.

Emma appelait toujours sa sœur « docteur Marlowe » en notre présence. Je me demande même si elle ne l'appelait pas aussi comme ça quand nous n'étions pas là.

— Merci, Emma, répondit le Dr Marlowe.

Emma posa le plateau sur la table basse, nous jeta un regard circulaire avec un grand sourire, puis tourna les talons.

— Servez-vous, nous dit notre aimable thérapeute.

J'ai pris un verre de limonade. J'avais la gorge sèche d'avoir tant parlé. Star s'est également versé un verre de limonade, mais Jade et Cathy n'ont pas bougé. Le Dr Marlowe s'est servi un verre et l'a bu sans me quitter des yeux. Quant à moi, je réfléchissais. Avoir eu à parler ainsi de mes parents avait ouvert des tiroirs remplis de souvenirs que j'avais étiquetés et rangés depuis longtemps déjà, des souvenirs que j'avais crus ensevelis à jamais.

— Je me souviens des cartes aussi, me suis-je exclamée, tout à coup. Toutes ces cartes ! Il y en avait tellement ! Aucun des deux n'oubliait jamais de souhaiter à l'autre ses anniversaires.

— « Ses » anniversaires ? s'étonna Jade.

— Oui, ils fêtaient leurs dates de naissance respectives, naturellement, et il y avait aussi leur anniversaire de mariage, mais ils célébraient aussi toutes sortes d'autres anniversaires, comme celui de leur premier rendez-vous, celui de leurs fiançailles ou celui de tout un tas d'autres trucs comme ça. Beaucoup d'entre eux étaient tenus secrets, mais je pouvais facilement deviner de quoi il s'agissait. Comme la première fois où ils ont fait l'amour, par exemple.

À ces mots, Cathy retrouva subitement des couleurs.

— Je pense aussi qu'ils ont fait plusieurs mariages : ils se sont d'abord mariés une première fois pour eux deux, puis une seconde pour leurs parents et leurs relations. Ils parlaient tout le temps de renouveler leurs vœux de fidélité et d'amour éternels quand ils auraient atteint vingt ans de vie commune. À les entendre, c'était tellement romantique, tellement merveilleux que je me faisais déjà une joie d'y être. Je devais être la demoiselle d'honneur, celle qui porterait les fleurs. Je pourrais tout aussi bien aller au mariage de quelqu'un d'autre ce jour-là.

— Qu'est-ce que tu veux dire ? s'enquit Star, en fronçant les sourcils. Au mariage de qui tu voudrais aller ?

— De n'importe qui. Ça m'est égal. Je regarderai dans le journal et je me présenterai à la noce et j'imaginerai que ces deux inconnus sont mes parents et tout sera aussi merveilleux qu'ils l'avaient promis.

— Mais... balbutia Jade, une expression de parfaite incompréhension sur le visage.

— Aussi merveilleux qu'ils l'avaient promis !

Je lui avais hurlé ça à la face et elle me regardait fixement, stupéfaite. Nul ne disait mot. Les larmes me brûlaient les yeux.

— Bois encore un peu de limonade, Misty, murmura le Dr Marlowe.

J'ai pris une profonde inspiration et j'ai obéi. Tous les regards étaient rivés sur moi. J'ai fermé les paupières, puis j'ai compté jusqu'à cinq et je les ai rouvertes. Le Dr Marlowe a hoché la tête.

— Tu veux arrêter là ? m'a-t-elle demandé.

— Non.

Ma réponse a claqué comme un fouet. J'ai bu une deuxième gorgée et j'ai enchaîné :

— Ma mère a toujours ces cartes. Elle n'aimerait sans doute pas que je le sache, mais je le sais. Je les ai vues, enfermées dans une boîte qu'elle cache au fond d'un de ses placards. Il y en a plein d'amusantes, des cartes que mon père lui avait envoyées sans raison particulière, juste pour lui dire combien il l'aimait, à quel point il la trouvait belle ou quelle chance il avait de l'avoir à ses côtés.

Je tournai mon regard vers le Dr Marlowe.

— Je vous l'ai déjà demandé, lui dis-je, la voix frémissante de rage. Mais comment les gens peuvent-ils se dire de telles choses, y croire aussi sincèrement quand ils les disent et, pourtant, parvenir à oublier qu'ils aient pu les dire un jour ?

J'ai bien vu qu'elle n'allait pas me répondre. Alors, avant qu'elle ne me resserve son habituel « Qu'en penses-tu ? », j'ai détourné les yeux et j'ai poursuivi :

— Quand j'étais petite, je pensais vraiment que je deviendrais aussi belle que ma mère. Les gens disaient que je lui ressemblais, que nous avions le même nez ou la même bouche. J'ai les yeux de mon père. Je le sais pertinemment, mais ce n'est pas grave parce qu'il a de beaux yeux. Même aujourd'hui encore, maman le reconnaît. Elle ne voudrait surtout pas que l'on vienne à penser qu'une femme aussi belle aurait pu épouser un homme laid. C'est plutôt pa... pa... comment dit-on déjà ?

— Paradoxal ? suggéra Star.

— Oui, paradoxal. Merci. Bref. Ce que je voulais dire, c'est que ça ne gênait absolument pas maman que je l'imite en tout : que j'essaie son maquillage, que je m'efforce de me coiffer comme elle... Elle prenait ça pour un compliment. J'essayais de marcher comme elle, de manger comme elle, de parler comme elle parce que je pensais que c'était ce qui avait séduit mon père. Je croyais que c'était comme ça qu'elle était parvenue à conquérir son amour et je voulais que mon père m'aime autant qu'elle, pour toujours.

« J'ai demandé à ma mère pourquoi j'avais si peu de poitrine. Et elle m'a dit que j'étais très mignonne comme ça parce que j'étais vive et enjouée. « Vive et enjouée ! » : c'est tout moi ça ! On dirait que j'ai douze ans !

Mon regard s'est alors arrêté sur Cathy. Elle avait un tel air de culpabilité ! Elle est même allée jusqu'à croiser les bras sur sa poitrine. Comme si elle pouvait cacher ses seins ! J'ai poussé un soupir et j'allais enchaîner quand, tout à coup, Cathy a pris une telle inspiration que nous nous sommes toutes tournées vers elle. Elle avait levé les yeux au plafond et croisait les mains sur sa poitrine comme quelqu'un en train de prier. J'ai regardé Star. Elle a haussé les épaules. Le Dr Marlowe a bu une petite gorgée de limonade et a patiemment attendu que je reprenne mon récit. Je détestais sa patience, sa maudite tolérance et sa maudite compassion. Où cachait-elle donc ses blessures, ses peines, ses déceptions ? J'ai eu envie de retourner ma fureur contre elle. Mais elle a vu la colère flamboyer dans mes yeux et elle a dit :

— Faisons une pause. Pour celles qui veulent aller se laver les mains, c'est le moment.

J'ai aussitôt protesté :

— Mais je n'ai pas besoin d'aller me laver les mains !

Je voulais continuer à parler. Je savais qu'elle me manipulait et, s'il y a bien une chose que je déteste plus que tout, c'est qu'on me manipule.

— Eh bien moi si, a dit Jade.

Et elle est sortie de la pièce avec cette grâce nonchalante de mannequin défilant sur un podium.

Star m'a jeté un coup d'œil et s'est levée.

Cathy a plissé les yeux, puis s'est remise à regarder fixement le plancher.

Je suis alors retombée sur les coussins du canapé en me demandant ce qu'il pouvait bien y avoir de si spécial, dans ce petit groupe de filles, qui m'incitait à partager avec elles mes plus intimes secrets.

3

À son retour, Jade est allée s'asseoir à sa place, en prenant un cookie au passage. Puis, elle a semblé réfléchir et s'est penchée avec grâce pour saisir l'assiette et la présenter à Cathy. Au regard que cette dernière lui a jeté, on aurait pu croire qu'elle la menaçait avec une grenade ou une bombe.

— N'en fais pas une question de vie ou de mort, lui a dit Jade. Ce n'est qu'un biscuit, après tout.

Cathy a pris un cookie avec une prudence de démineur et l'a porté lentement à sa bouche pour y goûter du bout des lèvres.

— Eh ! ce n'est pas du poison ! l'a houspillée Star, en mordant à belles dents dans le sien, probablement dans l'intention de le lui prouver.

J'ai coulé un regard inquisiteur vers notre thérapeute. Elle avait, dans les yeux, cette petite étincelle qui allumait toujours son regard quand quelque chose suscitait son intérêt : elle était manifestement passionnée par la façon dont nous nous comportions. Si cette séance de groupe était vraiment, pour nous, une nouvelle expérience, il était évident que c'en était également une pour elle, si ce n'est plus.

Elle s'est tournée vers moi et m'a fait signe de reprendre mon récit. Je me suis alors mise à regarder par la fenêtre. Après tout, c'étaient elles qui m'avaient interrompue, non ? Alors, elles pouvaient bien attendre !

— Je sais que mon père voulait un deuxième enfant, ai-je murmuré, sans quitter la fenêtre des yeux. Ça a d'ailleurs été le sujet d'une des plus grosses disputes auxquelles j'ai assisté.

Puis je me suis lentement tournée vers mon auditoire et j'ai élevé la voix :

— C'était avant que ma mère ne commence à avoir ces fameux problèmes sexuels, je suppose. Mon père ignorait que ma mère prenait la pilule. Elle avait toujours prétendu vouloir être enceinte. Mais, un soir, il a découvert la boîte. Il est alors entré dans une colère noire. Enfin, pas tout de suite. Il n'a pas descendu l'escalier quatre à quatre en hurlant ou quelque chose comme ça, non.

« Ma mère et moi étions dans le salon. Elle aimait se faire les ongles des pieds en regardant une de ses émissions préférées à la télévision. Et, comme je l'imitais en tout, je vernissais mes orteils aussi.

« Papa s'est tout à coup encadré dans la porte. Il avait enlevé sa cravate et sa chemise était ouverte. Il était ébouriffé comme s'il s'était passé la main dans les cheveux toute la journée.

« Il restait là à nous observer sans bouger. Maman lui a jeté un coup d'œil, puis elle a continué à se peindre les ongles.

« "Tu ne devineras jamais ce que je viens de trouver, Gloria", lui a dit mon père d'un ton enjoué, si enjoué que j'ai cru qu'il s'agissait de quelque chose qu'ils cherchaient désespérément depuis longtemps.

« Sans lever les yeux, maman lui a demandé : "Quoi ?

« — J'étais en train de chercher cette ceinture griffée que je t'ai offerte l'an dernier. Je m'étais rappelé que tu voulais la même dans une autre couleur, alors j'ai ouvert le premier tiroir de ton armoire pour vérifier la taille, et c'est alors que… tu ne le croiras jamais…

« — Alors que quoi, Jeffery ?" s'impatienta ma mère, en relevant les yeux de mauvaise grâce.

« Il a ouvert la main et fait apparaître la boîte de pilules contraceptives. Il en manquait plusieurs. Je ne savais pas vraiment ce que c'était. Je croyais toujours que c'était quelque chose qu'ils avaient longtemps cherché : un médicament très important peut-être ?

« Elle a regardé la boîte un long moment en silence.

« “Tu n'avais pas le droit de fouiller dans mes affaires, Jeffery, a-t-elle finalement répondu d'un ton ferme.

« — Alors tu crois que tu vas t'en sortir comme ça ? En retournant la situation contre moi ?” a-t-il rétorqué. Puis il a marqué un temps. En dépit de mon jeune âge, j'ai bien senti que ces longs silences étaient de ceux qui précèdent les plus terribles explosions. Je me souviens d'avoir retenu mon souffle. Mon petit cœur battait comme si j'avais eu un pivert enfermé dans la poitrine qui essayait vainement de sortir.

« “Et qu'est-ce que tu fais de ton mensonge, à toi, Gloria ? a-t-il repris, en secouant la tête d'un air dégoûté. Qu'est-ce que tu fais de ta trahison ? Tu ne m'as pas abusé, peut-être, en prétendant que tu voulais un bébé autant que moi, en me faisant culpabiliser parce que tu ne parvenais pas à être enceinte, culpabiliser à tel point que j'ai même fait analyser mon sperme ? Ce n'est pas ça le vrai problème, là, dis ? La pilule ! Et tu prenais la pilule en secret tout ce temps ?

« — Oh, je t'en prie, Jeffery, tu ne vas tout de même pas en faire un drame !” a-t-elle répondu d'un ton dégagé. Mais j'ai perçu une légère fêlure dans sa voix : elle avait peur.

« Il a hoché la tête et a semblé sur le point de tourner les talons quand, tout à coup, il a brusquement pivoté et il a jeté la petite boîte rose à travers le salon, avec une telle violence qu'elle s'est écrasée contre la gravure numérotée que ma mère avait achetée la semaine précédente sur Rodeo Drive. Le verre s'est brisé et les pilules ont éclaboussé toute la pièce comme une averse de grêle.

« “Espèce d'idiot !” s'est écriée ma mère.

« J'étais pratiquement sous le canapé.

« “Comment as-tu pu me mentir sur un tel sujet, Gloria ? Comment as-tu pu me faire ça ?” hurlait papa.

« Maman s'est simplement penchée sur ses ongles pour reprendre son ouvrage comme si de rien n'était, tandis que papa fulminait dans l'encadrement de la porte, son visage si rouge que je m'attendais presque à voir le sang gicler comme un geyser au sommet de son crâne.

« "Je ne voulais pas te décevoir, a finalement murmuré maman.

« — Pardon ?

« — Je n'osais pas t'avouer que je ne voulais pas d'autre enfant. Je savais à quel point c'était important pour toi, alors j'ai préféré les cacher.

« — Je ne comprends pas", a marmonné mon père.

« Elle a relevé les yeux vers lui.

« "Regarde-moi, Jeffery, lui a-t-elle dit.

« — C'est ce que je fais.

« — Non, regarde-moi bien, Jeffery. J'ai toujours fait un petit 38. Or, j'ai beau m'échiner à présent, je ne parviens pas à retrouver ma ligne. Et tu sais pourquoi ? Parce que mes hanches se sont irrémédiablement élargies et que, quels que soient les efforts auxquels je m'astreins : régime, gymnastique, massages… rien n'y fait. Si une première grossesse a commis de tels ravages sur ma silhouette, qu'est-ce que ce serait avec une deuxième ?

« — Ta silhouette ? Ta silhouette ! C'est ça qui t'inquiète ?" Il hurlait.

« "Oh ! je ne suis pas dupe, Jeffery ! s'indigna ma mère. Les hommes engrossent leurs femmes et les enlaidissent, puis ils vont voir ailleurs. Comme tous les autres, tu iras chercher une autre femme… Si je ne conserve pas ma beauté", a-t-elle ajouté, si bas que je me demande s'il a entendu.

« En tout cas, je me souviens parfaitement du choc que ça m'a fait de l'entendre dire, devant moi, qu'elle avait perdu la ligne à cause de moi. Papa est sorti de la pièce. Elle a fini de se vernir les ongles, a pris un *Vogue* dans le porte-revues et est sortie à son tour en marmonnant quelque chose comme "On n'est vraiment pas appréciée à sa juste valeur dans cette maison".

« Après son départ, je me souviens d'avoir ramassé une de ces petites pilules en pensant que, si elle avait pu changer les choses maintenant, revenir en arrière et l'utiliser pour m'empêcher de grossir dans son ventre, elle l'aurait fait sans hésiter. Même à cette époque, même si jeune, j'étais capable de comprendre ça. J'ai jeté la pilule par terre et je l'ai écrasée sous mon pied.

« En revanche, ce que je n'ai pas compris, à ce moment-là, c'est que c'était déjà le début de la fin.

Je me suis calée contre le dossier du canapé et j'ai réfléchi un instant en silence. Personne ne parlait. Le Dr Marlowe a bu une gorgée de limonade et a croisé les bras.

Les yeux rivés au plancher, j'ai recommencé à parler. Mais c'était comme si j'étais sous hypnose. Je m'entendais, mais j'avais l'impression que ma propre voix me parvenait à travers un vieux poste de radio grésillant.

— C'est comme si vous viviez dans un monde magique, à l'intérieur d'un gros ballon, et que, peu à peu, l'air commençait à manquer. Au fur et à mesure, les murs et le plafond se rapprochent. Ça devient de plus en plus étouffant et vous n'avez plus qu'une envie : vous échapper.

J'ai regardé les autres. Elles semblaient toutes perdues dans leurs propres pensées. Une grande tristesse se peignait sur leurs visages. Mais c'était plus sur leur sort que sur le mien qu'elles s'apitoyaient, j'en étais persuadée.

Le Dr Marlowe, en revanche, avait l'air satisfaite, très satisfaite même, comme si j'avais fait la preuve qu'elle était une bonne psychothérapeute ou quelque chose dans ce genre-là. Cool ! Peut-être que j'aurais droit à un certificat de bonne conduite à la fin de la séance !

Une fois encore, j'ai inspiré à pleins poumons. Pourquoi avais-je donc l'impression de plonger la tête sous l'eau chaque fois que je reprenais la parole ?

— J'allais avoir quatorze ans quand ça a vraiment commencé. Les voyages d'affaires de mon père devenaient de plus en plus longs et de plus en plus fréquents. Pourtant, c'était comme si j'étais la seule à m'en apercevoir, comme si ma mère s'en inquiétait moins que moi. Cette année-là, il a oublié mon anniversaire. Il a quand même appelé de New York. Mais il était déjà tard quand le téléphone a sonné. Il m'a demandé si j'avais aimé mon cadeau, mais j'ai bien senti qu'il ne savait pas ce que c'était. Il ignorait ce que ma mère m'avait acheté.

« "Est-ce que c'est quelque chose dont tu avais envie ?" m'a-t-il demandé.

« La seule chose dont j'avais vraiment envie, c'était que mes parents m'aiment et recommencent à s'aimer comme avant, mais j'ai dit "oui" et il a eu l'air soulagé.

J'ai de nouveau regardé les autres filles. Mes yeux étaient tout embués de larmes.

— Nous leur facilitons tellement la vie quand nous leur disons ce qu'ils veulent entendre. Mais ça n'empêche rien. Ça n'empêche pas les parasites. Soudain, les disputes ont commencé à se multiplier à la maison. C'était comme une sorte de maladie contagieuse qui infectait tout. Papa ne s'était encore jamais plaint ouvertement du montant des factures. Et voilà qu'à présent il les balançait au beau milieu de la table, en plein dîner, et interrogeait maman comme un véritable procureur, lui demandant pourquoi elle avait besoin de ci ou de ça et quand tout cela allait finir.

« "Cela ne finira jamais, Jeffery, lui répondait ma mère. Cela s'appelle vivre." Ça le mettait dans des rages folles. Il se lançait alors dans de violentes critiques, prenant les autres couples en exemple, particulièrement les autres épouses qui étaient moins dépensières et plus responsables.

« À les voir, on avait l'impression qu'ils cherchaient tous les deux des raisons de se faire des reproches. C'était comme si… comme si on leur avait soudain mis une paire de verres grossissants sur le nez et qu'ils voyaient tous les petits défauts de l'autre, ses moindres imperfections. L'un des sujets de dispute préférés de papa, c'étaient les notes de l'institut de beauté de maman. Elle avait aussi une masseuse à domicile deux fois par semaine, des soins du visage tous les week-ends et, bien sûr, son nutritionniste-prof-de-gym particulier : son "coach", comme elle dit. Je ne comprenais pas les commentaires qu'il faisait dans sa barbe, mais ça donnait des trucs comme : "Pourquoi diable te faire si belle pour moi, puisque ça ne sert à rien ?"

« Maman se mettait alors à pleurer et les disputes cessaient pendant quelque temps. Papa ne pleurait jamais, mais il avait l'air aussi bouleversé qu'elle.

« Je savais qu'ils ne se disputaient pas parce que papa gagnait moins d'argent. Shirley Kagan m'avait dit que c'était ce qui avait poussé ses parents au divorce. Mais papa avait acheté une nouvelle voiture, cette année-là, une grosse voiture: une Mercedes, et il avait aussi acheté un de ces nouveaux grands écrans de télévision hyper plats qui coûtent une fortune. Il me semblait de plus en plus évident que toutes les raisons leur étaient bonnes pour se disputer et que, quand ils n'en avaient pas, ils se débrouillaient pour en trouver.

« Ils en étaient même arrivés à se chamailler sur la nourriture. Un jour, papa a critiqué le choix de la marque des céréales du petit déjeuner, alors qu'il ne prenait qu'un jus de fruits, un toast et une tasse de café. Il ne s'était jamais occupé de ça avant. Et voilà qu'il fouillait dans les placards de la cuisine, en faisant des remarques sur ce que maman avait acheté au supermarché.

« Parfois, ils m'attribuaient le rôle d'arbitre: ils se tournaient vers moi et me demandaient mon opinion. J'avais l'impression que j'étais comme suspendue au-dessus d'un bûcher et que, si je donnais la mauvaise réponse, l'un ou l'autre couperait la corde qui me retenait et que je tomberais dans la colère incendiaire de ma mère ou de mon père.

« Ma mère s'est alors mise à dire des choses comme: "Ton père n'est qu'un crétin borné."

« Et papa disait: "Tout ce que j'espère, c'est que tu ne deviendras pas comme ta mère."

« J'ai commencé à avoir des problèmes au collège. Alors, de plus en plus souvent, au beau milieu de leurs disputes, ils se tournaient brusquement vers moi pour critiquer mon travail scolaire, ma façon de m'habiller ou les amis que je fréquentais. Je crois que ça les rassurait de m'avoir à disposition. Je leur servais de cible d'entraînement en quelque sorte. Combien de fois je leur ai crié que je les détestais tous les deux, avant de me précipiter, en larmes, dans l'escalier.

« Aussitôt, l'un des deux blâmait l'autre de ne pas s'occuper de moi et ça repartait de plus belle.

« La grisaille avait envahi la maison. J'appréhendais de rentrer après la classe et de descendre dîner quand mon père était là. Je sentais l'orage gronder. Ces maudits parasites ! Ça crépitait tout autour de moi. À tout moment, je m'attendais que ça éclate.

« Ce qu'il me reste très nettement de cette période, c'est le silence qui régnait soudain. Je n'entendais plus ni de musique, ni même la télévision. Nous étions devenus une famille de zombies, des ombres rasant les murs, cherchant perpétuellement à nous éviter comme si nous avions peur les uns des autres.

« Quand papa rentrait, maman ne l'accueillait même pas. Alors il disait quelque chose comme : “Bonsoir à toi aussi, Gloria” et elle se mettait à marmonner dans son coin sans répondre.

« Et puis, finalement, un jour – c'était un week-end –, maman et papa m'ont appelée dans le bureau et m'ont demandé de m'asseoir sur le canapé. Maman avait pris place dans le grand fauteuil de cuir rouge et papa se tenait debout près de la fenêtre. Je me souviens de chaque détail. Il avait plu dans la matinée, mais le soleil commençait à faire quelques apparitions entre de gros nuages gris, de grosses meringues sales toutes cabossées. Le monde entier semblait de méchante humeur. J'avais un peu mal au ventre, de légères crispations qui m'annonçaient l'arrivée imminente de mes règles. Elles étaient devenues plus douloureuses, plus abondantes et moins régulières, depuis quelque temps. L'infirmière de l'école prétendait que c'était peut-être le stress. Moi je pensais qu'elle cherchait seulement à me faire parler : ça lui aurait fait quelques bons ragots à raconter.

« Bref. Je les ai donc rejoints dans le bureau. Papa portait un blazer bleu marine, une chemise bleu ciel sans cravate, un pantalon blanc et ses mocassins chamois assortis à sa ceinture. Maman était impeccablement coiffée, comme toujours, et maquillée comme si elle se rendait à une soirée. Elle avait mis un de ses superbes ensembles pantalons avec ses escarpins à hauts talons. Son poignet et ses doigts étaient parés de son habituelle panoplie de bijoux de luxe. Elle portait aussi ses boucles d'oreilles en or en forme de feuilles qui se balançaient au bout d'un diamant ornant chaque lobe. Je me souviens de m'être félicitée d'avoir des parents si élégants.

« Quant à moi, j'avais un jean, un sweat-shirt et des tennis sans chaussettes. Ma mère ne supporte pas quand je porte mes chaussures pieds nus.

« Je me suis assise et j'ai attendu. Au bout d'un moment, maman a levé les yeux vers papa et lui a demandé : "Eh bien, vas-tu le lui dire ou est-ce à moi de le faire ?"

« Papa s'est retourné, lui a jeté un regard qui lui aurait explosé la tête, s'il avait eu des poings à la place des yeux, puis il a reporté son attention sur moi. Son expression s'est immédiatement adoucie et il s'est lancé :

« "Misty, tu as probablement remarqué que ce navire sur lequel nous sommes tous embarqués essuyait pas mal d'orages ces derniers temps. Ce brave bateau n'a cessé d'être ballotté dans la tempête et, maintenant, il prend vraiment l'eau de toutes parts.

« — Oh ! Seigneur ! s'est exclamée ma mère. Contente-toi de lui dire les choses clairement et épargne-nous toutes ces stupides comparaisons, je t'en prie. Ce n'est plus une petite fille, Jeffery.

« — Si ma façon de lui présenter les choses ne te plaît pas, Gloria, tu n'as qu'à les lui dire toi-même." Et je me rappelle avoir songé : même pour ça, ils vont encore se disputer !

« Je savais ce qu'ils allaient me dire. Je le voyais venir ; je le sentais ; j'entendais presque les mots avant qu'ils ne les prononcent. J'étais juste terrifiée à l'idée de les entendre dans leurs bouches parce que ça signifierait que tout ça se passait vraiment, que ce n'était pas juste un mauvais rêve dont j'allais un jour me réveiller.

« “Ce que ton père essaie de te dire, avec sa maladresse habituelle, c’est que nous avons décidé de divorcer, que cela vaudra mieux pour nous tous”, m’annonça froidement maman.

« J’ai levé les yeux vers mon père et il a aussitôt baissé la tête. Alors je me suis tournée vers ma mère et je lui ai demandé : “Mieux pour nous tous ? Parce que c’est censé être bon pour moi ?”

« “Ce qui n’est certainement pas bon pour toi, m’a répondu ma mère, c’est de te retrouver au beau milieu de cet enfer, jour après jour, minute après minute. Cela perturbe ton travail scolaire, aussi. Nous en avons déjà parlé avec ton conseiller d’éducation et il nous a assuré que la baisse catastrophique de tes résultats était probablement due à nos problèmes conjugaux.”

« Je me rappelle à quel point ça m’a choquée. Ils avaient parlé à mon conseiller ! Ils lui avaient raconté leurs problèmes personnels, nos problèmes personnels ! Et tout ça s’était fait dans mon dos ! sans que j’en sache rien ! Jamais auparavant je ne m’étais sentie aussi étrangère dans ma propre maison. Qui étaient donc ces deux inconnus ? Je dévisageais mes parents comme si je les voyais pour la première fois.

« J’ai regardé mon père, puis ma mère. Comme ils avaient changé ! Ils essayaient tous les deux de faire jeunes, mais ils me semblaient soudain si vieux, si décrépits. Qu’était-il arrivé à mes parents ? Mes parents : ces êtres si parfaits, ce beau couple si élégant que tout le monde enviait et qui suscitait tant d’éloges ?

J’ai soupiré.

— Où vont les gens quand ils changent ?

J’ai regardé les autres filles, l’une après l’autre : elles ont compris que j’attendais vraiment une réponse.

— Pardon ? a dit Jade. Où ils… “vont” ? Je ne comprends pas.

Je me suis tournée vers le Dr Marlowe. C’était là un sujet dont nous avions déjà discuté ensemble, elle et moi : ma théorie selon laquelle les gens mouraient plusieurs fois avant d’être enterrés pour de bon.

— Les deux personnes qui étaient mes parents ont disparu, ai-je expliqué à Jade. Ces deux personnes sont mortes, en quelque sorte.

— Je ne comprends pas, a dit Star. Tes parents sont toujours vivants, non ?

— Pas tels que je les ai connus, en tout cas, non, lui ai-je répondu.

Jade avait plissé les yeux et semblait réfléchir. Elle a hoché lentement la tête.

— J'y suis, a-t-elle murmuré. Elle a raison. Mes parents ne sont plus les mêmes non plus.

— Eh bien, moi, je ne suis pas bien sûre de piger ce que tu dis, s'est entêtée Star. Peut-être parce que, moi, mes parents sont vraiment partis.

Elle s'est tournée vers Cathy. La pauvre serrait si fort les lèvres ! On aurait dit qu'elle était terrifiée à l'idée de devoir parler.

— Tu verras, tu comprendras, a dit Jade, en s'adressant à Star.

— Oh ! parce que tu sais ce que je vais piger ou pas, peut-être ? Pour qui tu te prends ? C'est toi la psy ou quoi ?

— Ce n'est pas la peine de rediriger ton agressivité contre moi, lui a rétorqué Jade, du ton ferme et assuré de qui maîtrise la situation.

— Diriger quoi ? Qu'est-ce que ça veut dire, ça ? s'écria Star.

Ses yeux lançaient des éclairs.

— Allons, mesdemoiselles, respirez profondément, intervint le Dr Marlowe. Allez, tout le monde se détend. Laissez-vous aller contre le dossier de votre siège et réfléchissez à ce que Misty vient de nous dire. Prenez le temps de bien l'assimiler afin que nous puissions en reparler calmement.

— Je ne vois vraiment pas ce qu'on peut dire là-dessus. C'est idiot. Morts, pas morts ! Disparus ! Pff ! marmonna Star, avant de se rencogner dans le canapé, les bras croisés.

Ses grands yeux noirs allaient alternativement de Jade à moi, puis elle s'est brusquement détournée pour river son regard sur le Dr Marlowe.

— Veux-tu continuer, Misty ? m'a demandé cette dernière.

— OK.

J'ai respiré profondément, comme ma chère psy me l'avait conseillé, et j'ai recommencé :

— Mes parents me regardaient fixement tous les deux, attendant probablement que je leur donne une réponse à la déclaration qu'ils venaient de me faire. "Qu'est-ce que vous attendez de moi au juste ?" leur ai-je demandé.

« "Nous n'attendons rien de toi", m'a répondu mon père. Ah ! la bonne blague ! Ils ne m'en demanderaient jamais plus que ce qu'ils allaient bientôt exiger de moi.

« "Nous voulons seulement que cette affaire se déroule au mieux et que tu en souffres le moins possible. Ta mère et moi sommes d'accord pour que tu continues à vivre ici avec elle. C'est moi qui vais partir. Sois sans crainte, tu ne manqueras de rien. Nous y veillerons tous les deux", a-t-il enchaîné. Et alors là je n'ai vraiment pas pu m'empêcher de sourire. J'étais écœurée.

« "Je ne vais manquer de rien, hein, maman ?

« — Allons, Misty, tu es assez grande pour comprendre, voyons !" m'a-t-elle répondu.

« Ah oui ? Vraiment ? Je me suis tournée vers mon père et, soudain, j'ai eu l'impression d'avoir devant moi un vilain petit garçon qui venait de faire une grosse bêtise. Il a évité mon regard et il a baissé la tête.

« Je sentais les larmes monter, mais je ne voulais pas pleurer devant eux. À ce moment-là, je voulais à toute force qu'ils pensent que je me moquais éperdument de ce qui pouvait bien leur arriver, à l'un comme à l'autre.

Jade a fait un geste d'assentiment. Elle avait les yeux pleins de larmes. Cathy se mordillait l'intérieur des joues et Star me regardait fixement, avec une expression de terreur absolue, comme si elle s'était dédoublée et se retrouvait face à sa propre image. C'est, du moins, ce que j'ai pensé sur le moment. Je ne pouvais pas savoir à quoi ressemblaient ses souvenirs, mais je commençais à imaginer.

— "Où vas-tu habiter, papa ?" ai-je demandé à mon père sans laisser paraître la moindre émotion. J'aurais tout aussi bien pu lui demander où il allait pour son prochain voyage d'affaires.

« "Oh ! je n'irai pas très loin. J'ai trouvé un appartement à Westwood, m'a-t-il répondu avec un sourire, comme si tout était réglé, comme si ça allait tout arranger. Tu viendras me voir pendant les week-ends", a-t-il ajouté. On aurait pu croire qu'il me promettait une récompense.

« "Quand il sera là, s'est empressée de préciser maman.

« — Je ferai en sorte de te voir souvent", a-t-il insisté, sous le feu roulant des regards meurtriers de ma mère.

« Je me souviens que j'ai eu l'impression de ne plus pouvoir respirer, comme si l'air était si brûlant dans ma poitrine qu'il ne valait mieux pas qu'il passe dans ma gorge au risque de me carboniser. Mais c'était si lourd à porter, si étouffant que j'ai dû inspirer quand même.

« "Et c'est pour quand, tout ce déménagement ? leur ai-je demandé.

« — Mais c'est déjà en cours, m'a répondu mon père. Nos avocats font le nécessaire et je quitte la maison cet après-midi."

« Où étais-je donc passée pendant tout ce temps ? me suis-je étonnée. Ils avaient parlé à des conseillers, s'étaient entretenus avec des avocats ; papa partait le jour même où ils m'annonçaient leur séparation ; il avait même déjà fait ses bagages !

« Un beau matin, ils s'étaient réveillés, s'étaient regardés et avaient décidé qu'ils ne seraient plus jamais mari et femme ? Est-ce que c'était comme ça que ça se passait ?

« Toutes ces jolies cartes et tous ces beaux serments ; tous ces cadeaux et tous ces rires de bonheur ; tous ces baisers et toutes ces étreintes passionnées avaient été jetés au panier. Allez hop ! à la poubelle ! Et moi je voyais chaque mot doux qu'ils s'étaient adressé, chaque déclaration d'amour qu'ils s'étaient faite aspirés par leurs bouches, avalés comme s'ils n'en étaient jamais sortis.

« Il ne restait que moi pour me souvenir combien mon cœur sautait de joie dans ma poitrine à la vue de mes parents se tenant par la main quand ils se promenaient sur la plage ou dans les rues, s'embrassant à table, ou s'enlaçant tendrement, avec moi au milieu parfois.

« Il ne restait que moi pour me remémorer la musique et les chansons qui emplissaient la maison, les joyeux anniversaires, les matins de Noël, les vœux de Bonne Année, les éclats de rire.

« Je me retrouvais toute seule sur une île de souvenirs enfuis, le regard perdu sur l'étendue infinie d'un océan en furie sous un ciel chargé d'orages.

« "Bon. Eh bien voilà, a conclu ma mère. Je suis désolée, ma chérie. Mais nous te promettons d'essayer de t'épargner, dans la mesure du possible.

« "Absolument", a renchéri mon père.

« J'ai éclaté de rire.

Jade, Star et Cathy ont écarquillé les yeux.

— Oui, oui, j'ai éclaté de rire. Je riais tellement que j'en avais mal au ventre. Mes parents – ma mère surtout – me dévisageaient avec une telle stupéfaction, une telle confusion sur le visage que je riais de plus belle. Je me pliais tellement de rire que j'en suis tombée de ma chaise.

« "Je ne vois pas ce qu'il y a de si drôle", a dit mon père, en s'adressant à ma mère.

« Elle a haussé les épaules. "Moi non plus", a-t-elle répondu.

« Regardez-les ! ai-je pensé. Les voilà de nouveau d'accord, finalement ! Et je me suis littéralement roulée par terre.

« "Qu'y a-t-il de si drôle dans toute cette affaire, Misty ? m'a demandé mon père, avec cet air bourru qu'il prenait toujours pour jouer son rôle de chef de famille.

« — Oui, a dit ma mère, en fronçant les sourcils – une expression qu'elle détestait parce que ça lui donnait des rides –, dis-nous donc ce que tu trouves si amusant.

« — Votre promesse, ai-je hoqueté.

« — Pardon ? ont-ils répondu en chœur, en se regardant, avant de tourner de nouveau les yeux vers moi.

« — Vous voir là, tous les deux, en train de me faire des promesses.” Je me suis relevée tant bien que mal, en essuyant les grosses larmes qui coulaient sur mes joues. Puis je les ai regardés tous les deux, assis là avec ces têtes d'ahuris.

« “Tu sais ce que c'est une promesse, pour moi, dans cette maison, papa ? ai-je dit. C'est un mensonge déguisé.”

« C'est alors que je suis sortie du bureau en courant et que je suis montée dans ma chambre pour m'effondrer sur mon lit.

« Un peu plus tard, j'ai entendu papa qui descendait ses bagages. Avant de partir, il est venu frapper à ma porte, mais je n'ai pas répondu.

« “Je te téléphonerai dans un jour ou deux, princesse”, m'a-t-il dit.

« Et vous savez quoi ? Je ne me souviens pas de l'avoir jamais entendu m'appeler “princesse” depuis.

4

— Au début, j'ai voulu cacher le divorce de mes parents. Aucun de mes amis, pas même Darlene, n'a remarqué qu'il se passait quoi que ce soit d'anormal à la maison. À vrai dire, c'était plutôt le contraire. Ils trouvaient tous que j'avais une famille formidable. S'ils me rendaient visite et ne voyaient pas mon père, ils pensaient simplement qu'il était encore en voyage d'affaires.

« Darlene a deux sœurs plus jeunes et un frère aîné. Elle pense que j'ai beaucoup de chance parce que je suis fille unique. Son frère la critique tout le temps. Elle dit qu'il a peur qu'elle le colle ou qu'elle lui fasse honte devant ses copains, et sa mère est toujours sur son dos pour qu'elle donne le bon exemple à ses petites sœurs. Chaque fois qu'elle m'appelle ou que je lui passe un coup de fil, il faut toujours qu'elle se plaigne de ses parents, de son frère et de ses sœurs. Un jour, elle m'a même dit qu'elle haïssait sa famille et qu'elle préférerait encore être orpheline.

« Les gens ne se rendent pas compte de la chance qu'ils ont. Je suis allée chez elle, pendant les vacances. Toute la famille était réunie. Il y avait même ses grands-parents. Ils ont organisé ce grand dîner et ils se sont tous donné des cadeaux. À Noël dernier, nous sommes allées dans un restaurant chic de Beverly Hills, maman et moi. Elle avait aussi invité deux de ses amies – des divorcées, comme elle – et, pendant tout le dîner du réveillon, elles n'ont pas cessé, toutes les trois, de se féliciter de ne plus être sous la coupe de leur mari. Au premier coup d'œil, je savais déjà que ces femmes-là ne risquaient pas d'être sous la coupe de qui que ce soit !

« J'ai longtemps espéré que mes parents se réconcilieraient. Je rêvassais à longueur de journée : j'imaginais papa réapparaissant, par un bel après-midi, un grand sourire aux lèvres, avec ses valises à la main. Je connaissais même le dialogue par cœur :

« "Salut, Misty ! dirait-il. Je crois que le divorce n'était pas une aussi bonne idée que ta mère et moi l'avions pensé, finalement. Nous nous sommes rendu compte que notre amour était beaucoup trop fort, et nous avons décidé de régler nos problèmes ensemble et d'essayer de réparer tout le mal que nous t'avons fait."

« Qu'est-ce que ce rêve avait de si irréaliste, après tout ? On me dit bien, à moi, qu'il faut que je résolve mes problèmes toute seule. J'entends ça à longueur de journée. Les profs, les conseillers d'orientation, d'éducation, en cours de gym, en séance de thérapie... tout le monde vous dit de ne jamais baisser les bras. Eh bien alors ? Qu'est-ce qu'ils en font, eux, de cette belle idée ?

« Enfin bref. Papa n'est pas revenu et, après un certain temps, il a bien fallu que je regarde la vérité en face, qu'elle s'installe en moi, que je la porte, là, au creux de mon ventre, comme une masse de plomb : papa ne rentrerait jamais à la maison, ou, tout au moins, pas dans notre maison.

« Et puis, un jour, au lycée, Clara Weincoup – dont la mère se joint quelquefois au petit clan de ma mère et de ses copines pour déjeuner – est venue se planter devant ma table, à la cantine, et a échangé sa langue de vipère contre une corne de brume pour brailler : "Il paraît que tes parents divorcent ?"

« On aurait dit qu'elle venait d'annoncer la mort du père ou de la mère d'un élève. Tout le monde s'est tu et tous les regards se sont tournés vers moi.

« "Ah, vraiment ? lui ai-je répondu. Je me demandais aussi pourquoi papa avait fait ses bagages avant de quitter la maison."

« Personne ne savait s'il fallait rire ou pleurer. Il y a bien eu un ou deux gloussements, mais les autres me dévisageaient comme si je m'étais soudain mise à bourgeonner et que j'avais trois tonnes de pustules purulentes sur la figure.

« "C'est juste que je me demandais pourquoi, a repris Clara de sa voix monocorde. J'ai toujours cru que tes parents s'entendaient plutôt bien." Elle portait cet énorme appareil dentaire qui lui déformait horriblement la bouche et elle avait des narines si larges qu'elles auraient pu servir de tunnel au train fantôme. Elle était si immature ! Samantha Peters nous a même raconté qu'elle dormait encore avec sa poupée Ken.

— Non ! s'est exclamée Jade.

— Alors, qu'est-ce que tu lui as répondu ? s'impatienta Star.

— Je lui ai dit : "Pourquoi t'inquiéter, Clara ? Tu ne risques pas de divorcer un jour : avec le caractère que tu as, tu ne te marieras jamais, de toute façon."

« Toute la table a éclaté de rire. Clara est devenue rouge pivoine et a tourné les talons. Je m'étais débarrassée d'elle, mais le mal était fait, et je sentais les yeux de mes soi-disant amies qui me détaillaient de haut en bas, à l'affût des différences.

— Des différences ? Quelles différences ? s'étonna Star.

— Tu ne trouves pas que les gens te regardent différemment quand ils apprennent que tes parents ont divorcé ?

J'ai adressé un regard interrogateur à la ronde. Après un instant de silence, Jade a acquiescé :

— Je vois ce que tu veux dire.

J'ai regardé Cathy. Elle a secoué la tête.

— Serais-tu muette ? lui ai-je demandé.

Elle s'est tournée vers le Dr Marlowe pour lui adresser un regard suppliant, mais notre chère thérapeute n'a pas soufflé mot.

— Non, je ne suis pas muette, a-t-elle répondu, si bas que j'ai dû dresser l'oreille pour l'entendre.

— Tant mieux, parce que je commençais à me demander si tu n'allais pas nous raconter ton histoire en langue des signes.

Jade s'est à nouveau esclaffée. Elle et moi commencions à nous regarder de plus en plus, comme deux personnes qui se trouvent des idées et une façon de penser communes. Je me disais même que nous pourrions peut-être devenir amies.

— Je sais qu'un divorce « n'a plus rien d'un drame, de nos jours », comme dirait mon conseiller d'éducation, ai-je repris. Oui, oui, il a osé me dire ça en face ! Mais je ne pouvais pas m'empêcher de me sentir différente de tout le monde, surtout depuis que la nouvelle était diffusée sur Ragots FM. En tout cas, je sais que je marchais différemment : la tête basse, rentrée dans les épaules, pour éviter les coups d'œil soupçonneux de mes charmantes petites camarades. Ce que je détestais le plus, je crois, c'étaient les regards de pitié. Quand Darlene m'a offert sa « compassion » – pourquoi pas ses condoléances, aussi ? –, je l'ai rabrouée si méchamment et avec une telle agressivité qu'elle ne m'a plus adressé la parole pendant des mois. Tout juste si elle n'a pas pris ses jambes à son cou !

« Mais j'en avais vraiment gros sur le cœur. Mes notes, qui n'étaient déjà pas bonnes, ont de nouveau plongé et mon prof principal a appelé ma mère. Maman a alors décrété qu'elle devait réagir.

« La plupart du temps, quand il y avait des discussions sérieuses à la maison – à propos de mon travail scolaire notamment –, c'était papa qui s'en chargeait. Il m'appelait dans son bureau, me faisait asseoir en face de lui, puis se levait pour arpenter la pièce et commençait son discours. Ça donnait à peu près ça : "Moi aussi j'ai été jeune, Misty, et je n'avais rien d'un enfant de chœur, crois-moi, mais est arrivé le moment où je me suis dit que je ferais mieux de prendre les choses un peu plus au sérieux ou j'allais finir à Nullepart-City."

« C'est une de ses expressions favorites, "Nullepart-City". Pendant longtemps, j'ai cru que c'était une vraie ville. Je l'ai même cherchée sur la carte !

Le sourire de Jade s'est adouci. Star a secoué la tête et s'est laissée retomber sur le dossier du canapé. Quant à Cathy, elle a brusquement croisé les mains et les a plaquées fermement sur ses genoux, comme si elle avait peur que son corps s'envole sans prévenir et qu'elle veuille le retenir. Je mourais d'envie de connaître son histoire.

— Toujours est-il qu'en ce mémorable après-midi ma mère, qui détestait les discussions sérieuses, a tenté de jouer le rôle de chef de famille. Je ne savais pas si je devais rire ou la prendre en pitié. En tout cas, elle a vraiment tout fait pour m'apitoyer.

« "Je sais ce que tu essaies de faire", m'a-t-elle dit. Elle a même commencé par s'asseoir dans le fauteuil de papa et s'est levée, comme il le faisait toujours. On ne pouvait pas lui reprocher de ne pas respecter la gestuelle de son personnage.

« "Tu essaies de me culpabiliser. Tu me punis", s'est-elle écriée.

« Ma mère ne pleure jamais vraiment. Elle fait bien un peu la grimace, mais pas trop, parce que son gourou lui a affirmé que ça accentuait les rides ou même – horreur suprême ! – que ça en favorisait l'apparition. "Tu comprends, cela flétrit tellement le visage, et toujours aux mêmes endroits, que cela finit par creuser de véritables sillons." C'est ce qu'elle me dit pour que je perde l'habitude de faire la tête ou de pleurnicher.

« "Et comment est-ce que je te punis ? lui ai-je demandé.

« — En me mettant dans l'embarras ! a-t-elle larmoyé. Tu ne fais plus rien au lycée. À tel point que l'administration en vient à discuter notre situation familiale. Si cela continue, ils vont finir par mettre tes lamentables résultats sur le compte de nos problèmes, à ton père et à moi. Je ne suis pas aussi sotte que tu le crois. Je connais ces choses-là. J'ai lu un article dans *Femme d'Intérieur*. En fait, l'article en question traitait plutôt du stress et de ses effets sur la peau. Mais il citait un exemple comparable. Si elles n'y font pas attention, les femmes divorcées vieillissent plus vite ! s'est-elle étranglée. C'est prouvé, cosmétiquement prouvé !"

« Tandis que ma mère pestait sur mes notes, les appels du lycée, son stress et "l'embarras" dans lequel je la mettais, j'ai brusquement pris conscience de son égoïsme et de celui de mon père. Ils ne se souciaient pas plus l'un que l'autre de mon bonheur ou, en tout cas, bien moins que du leur. J'ai eu la bêtise de le dire à ma mère. Elle a failli en cracher un faux cil. Puis elle s'est mise à me débiter tous les sacrifices qu'elle avait faits pour moi. L'énumération en était si longue que, si j'avais dû l'imprimer, le listing se serait déroulé d'un bout à l'autre de la maison.

« Le plus fort, c'était qu'elle prétendait que, en dépit du fait qu'elle était encore une "jeune et jolie femme", elle refusait de "s'investir dans toute nouvelle relation affective, par amour pour moi", jusqu'à ce que je me sois "adaptée à la situation". Notez bien : que je me sois adaptée, moi, et pas elle. À l'en croire, les hommes, qui avaient découvert son nouveau statut de femme libre, rôdaient autour de la maison, comme une bande d'Indiens sur le sentier de la guerre, prêts, tel Cupidon, à cribler de leurs flèches son pauvre petit cœur de femme délaissée. Autrement dit, toutes ces longues journées et toutes ces longues nuits où elle se morfondait dans la solitude étaient ma faute. Allons ! cesse donc de jouer les rabat-joie, Misty ! mets-toi un peu à la page, me fredonnais-je en moi-même, accepte le divorce de tes parents et profite de ta nouvelle indépendance pour que Maman Chérie puisse commencer à remplir son carnet de bal !

Jade fut encore, de toutes, celle qui riait le plus. Le sourire de Star s'était fait plus amical et, pour une fois, Cathy semblait vraiment s'amuser. Je lorgnai vers le Dr Marlowe. Ses yeux s'étaient assombris. Son regard semblait plus attentif, plus alerte. Ses pensées, en permanente mutation, semblaient s'enrouler les unes sur les autres comme une balle d'élastiques derrière ce regard scrutateur qui ne nous lâchait pas.

Je me suis adossée au coussin du canapé, j'ai bu un peu de limonade et j'ai continué :

— Évidemment, maman savait qu'elle devait « sévir ». Je me suis dit qu'elle serait bien capable de me confisquer le rouge à lèvres qu'elle avait choisi pour moi avec tant de soin et dont, de toute façon, je n'avais pas grande utilité, mais elle réussit à me surprendre : elle menaça de me retirer mon téléphone. Je savais que c'était une menace en l'air parce que, s'il y avait bien une chose que maman détestait, c'était que mes amis ou qui que ce soit, d'ailleurs, m'appellent sur son téléphone. C'est elle qui avait convaincu papa de me faire installer ma propre ligne téléphonique quand je n'avais encore que huit ans.

« "Mais elle peut à peine tenir une conversation de trente secondes ! s'était-il emporté. Pourquoi aurait-elle besoin d'avoir une ligne téléphonique personnelle ?"

« Maman ne discutait pas avec papa. Elle disait ce qu'elle voulait, puis elle faisait la tête jusqu'à ce qu'il cède ; ce qu'il faisait la plupart du temps.

« C'était marrant parce que, quand j'ai effectivement eu le téléphone dans ma chambre, je restais assise devant, à le regarder, en me demandant qui je pourrais bien appeler. Et, si j'appelais une copine, je lui demandais comment elle allait, ce qu'elle faisait et après les "Ça va ? Bien" de rigueur, je raccrochais. Et, chaque fois que mon téléphone se mettait à sonner, je sautais au plafond.

« "Si, sur ton prochain bulletin, tes notes ne se sont pas améliorées, je te préviens, Misty, le téléphone disparaît de ta chambre", déclara maman, persuadée qu'elle venait de remplir son devoir parental. Je l'imaginais déjà, attablée dans quelque restaurant chic avec ses copines, en train de leur dire fièrement combien elle était sévère avec moi et comment elle était parvenue à établir de nouvelles règles entre nous.

Cette sortie parvint à arracher un petit sourire au Dr Marlowe elle-même. Il faut dire qu'elle connaissait bien ma mère : elle savait que je n'exagérais pas tant que ça.

— De toute façon, j'en étais arrivée à un stade où je me fichais de tout, ai-je enchaîné. La plupart de mes amis ne m'appelaient déjà plus, n'importe comment. Je savais que c'était ma faute : je n'étais pas très sympa avec eux. Maman n'avait pas tout à fait tort quand elle m'accusait de la punir. Je voulais la punir et punir mon père, mais, en réalité, j'essayais de punir toutes les personnes que je connaissais. C'est le Dr Marlowe qui m'a aidée à voir ça, n'est-ce pas, docteur ?

— Tu as fait tes propres découvertes toute seule, Misty. Je n'ai fait que te montrer le chemin, a-t-elle répondu d'une voix posée.

— Suivez le guide pour Nullepart-City ! ai-je rétorqué.

À ma grande surprise, aucune de mes trois petites camarades n'a ri, ni même souri.

— Est-ce vraiment ainsi que tu me vois ? m'a demandé le Dr Marlowe.

— Non. Mais je trouvais ça marrant.

Je me suis alors ostensiblement adressée aux autres filles parce que j'espérais qu'elles comprendraient encore mieux que notre chère psychiatre, avec tous ses diplômes et ses nombreuses années de pratique.

— On en arrive à ne plus pouvoir se supporter soi-même parce qu'on est devenue si déprimante qu'on risque de mourir d'ennui, ai-je repris.

Cette fois, elles avaient toutes l'air de parfaitement savoir de quoi je parlais.

— Je suppose que c'est la raison pour laquelle je me suis raccrochée au premier sauveur qui a croisé ma route.

« C'est l'expression que vous avez employée pour parler de lui, un jour, docteur Marlowe, vous vous en souvenez ? Comme quoi je me noyais dans un torrent de tristesse et que j'avais agrippé le premier radeau affectif qui passait à ma portée.

— Je pense que cette image venait de toi, Misty, a-t-elle rectifié.

J'ai détourné les yeux.

— D'accord, d'accord, notre thérapeute n'est pas censée nous mettre dans la tête des choses qui n'y sont pas déjà, ai-je marmonné.

Tandis que Jade et Cathy tournaient un regard inquiet vers le Dr Marlowe, Star a simplement hoché la tête.

— Il s'appelle Charles Allen Fitch, ai-je enchaîné. Chaque fois qu'il se présente, il n'omet jamais aucune perle du chapelet. Il préfère même qu'on l'appelle Charles Allen, plutôt que Charles tout court. Il pense que l'adjonction d'un deuxième prénom fait plus riche ou plus imposant ou quelque chose dans ce genre-là. Et il est, bien sûr, hors de question de l'appeler Charlie ou Charlie Allen. Il ne répond pas. Il fait celui qui n'a pas entendu. Même quand c'est un de ses profs, il demeure impassible, le regard dans le vague, jusqu'à ce que le prof se rende compte de son erreur et la corrige. Alors, et seulement alors, il se tourne vers celui qui l'interroge et donne la brillante réponse qu'on attend de lui. Ce bon vieux Charles Allen Fitch !

« Il n'est pas mal, en fait. Il est même très séduisant : un mètre quatre-vingt-deux, épais cheveux châtains à reflets acajou toujours coupés à la dernière mode... Il faut préciser qu'il va chez le coiffeur deux fois par mois. Mais ce que j'aime chez lui, ce sont ses yeux, avec ces petites étincelles dorées qui scintillent dans le vert émeraude de ses prunelles. Et puis, sa bouche a quelque chose de terriblement sexy.

« Il est dans ma classe, mais, avant que le divorce de mes parents ne fasse la une au lycée, nous ne nous étions jamais adressé plus de dix syllabes, lui et moi. Comme toutes mes copines, je le trouvais bien trop bêcheur. Il appartient à une grande famille très riche. Il m'a dit, un jour, que la maison qu'il habite avec sa mère avait appartenu à l'agent de Clark Gable, qui était aussi l'agent de beaucoup d'autres stars de cinéma.

« C'est effectivement une immense propriété, si gigantesque qu'à côté mon "château" ressemble à une niche. Imaginez ! ils ont même une salle de bal ! Sa mère possède une véritable armée de domestiques qui veillent à satisfaire leurs moindres désirs. Le majordome de Charles Allen assume également les fonctions de valet de chambre. Vous savez toutes ce que c'est ?

Star secoua la tête.

— Le valet de chambre range tous les jours ses affaires et s'assure que tous ses vêtements sont toujours propres et bien repassés et que ses chaussures sont toutes cirées et lustrées. Charles Allen n'a même pas besoin de prendre dans la penderie la tenue qu'il va porter pour aller au lycée. Groden – c'est son nom – le fait pour lui.

— Tu veux rire ? s'exclama Star, incrédule.

J'ai levé la main droite.

— Je le jure. J'ai vu ses vêtements étendus sur son lit. Il n'y manquait rien, pas même son slip et ses chaussettes.

« Enfin bref. Un après-midi, juste à la fin du déjeuner – la cloche avait déjà sonné –, Charles Allen s'est approché de moi et m'a dit : "Je suis tout à fait à même de comprendre les épreuves que tu traverses : mes parents viennent également de divorcer."

« Il n'a rien dit de plus. Je me suis figée et je l'ai regardé s'éloigner avec son aisance habituelle. Il y a quelque chose dans la façon qu'il a de se tenir qui incite à le prendre pour quelqu'un de beaucoup plus vieux qu'il n'est réellement. Quand nous allions quelque part ensemble, je m'en faisais toujours la réflexion. Ça tient sans doute à cette assurance, cette arrogance dans son attitude. Même M. Proctor, le censeur du lycée, lui parle d'une manière différente. Il lui parle comme s'il parlait à un parent d'élève. M. Proctor semble sur ses gardes quand il se trouve en face de Charles Allen. La plupart des gens le sont parce que Charles Allen fait preuve d'une telle correction, il est si parfait qu'en sa présence vous vous surveillez constamment. Je suis sûre qu'avec lui ma façon de me tenir, de marcher même, s'est améliorée. En tout cas, je sais que c'est à partir de ce moment-là que j'ai cessé de m'avachir sur ma chaise en classe.

« Vous me regardez toutes comme si j'étais folle, mais je vous assure qu'il a dans les yeux cette expression, ce regard critique… On a l'impression de voir s'y refléter tous ses défauts. On se met même à surveiller son langage.

Il me suffisait de parler de lui pour me faire subitement prendre conscience de ma mauvaise posture. Je me redressai aussitôt et rejetai les épaules en arrière.

— Charles Allen a toujours d'excellentes notes, bien entendu. Il est appliqué, assidu, responsable, fiable : une personne digne de confiance, résumai-je. Toutes les qualités que les professeurs nous demandent. Il est un peu trop raide pour ce qui est du sport, mais il est le meilleur joueur de tennis du lycée. Quand il sert, ses balles sont de vrais boulets de canon.

« Posséder son court de tennis privé et recevoir, dès l'âge de dix ans, les cours particuliers d'un tennisman professionnel qui a été sélectionné à l'US Open, ça aide, évidemment.

— Il est fils unique ? s'enquit Star.

— Non. Il a un frère qui a cinq ans de plus que lui : Randolf Andrew Fitch. Il travaille avec son père dans leur affaire d'immobilier d'entreprise. Son frère n'est pas marié, mais il a son propre appartement à Beverly Hills. Quand Charles Allen me parlait du divorce de ses parents, il disait que son frère avait pris le parti de son père. Mais il m'a affirmé, dès le début, que le divorce de ses parents était ce que, selon lui, il convenait d'appeler "un divorce civilisé". "Ils ne nourrissaient aucune animosité l'un envers l'autre." Est-ce que vous ne raffolez pas de son vocabulaire ? "Aucune animosité !" ai-je répété en parlant un peu du nez.

« "Tout est entre les mains de leurs avocats", affirmait-il.

— Ah ! dis-m'en davantage à ce propos, me demanda Jade, manifestement captivée. Je crois que l'avocat de ma mère ne court pas seulement après ses honoraires. Je suis sûre qu'il adorerait avoir ma mère entre ses mains.

Star s'esclaffa. La stupéfaction éclaira soudain le visage de Cathy d'un sourire amusé, jusque dans son regard. Son corps sembla se détendre d'un seul coup. Pour la première fois depuis son arrivée, elle avait l'air vraiment à l'aise.

— Je ne pensais pas que Charles Allen m'adresserait de nouveau la parole, vu la façon dont il s'était sauvé, cet après-midi-là, ai-je enchaîné. Mais, à la fin des cours, il m'attendait sous le préau. Quand je suis arrivée à sa hauteur, il s'est mis à parler comme si nous avions juste été interrompus au beau milieu d'une conversation.

« “Bien que chaque divorce soit nécessairement différent par essence, m'a-t-il dit, comme un professeur faisant un cours magistral sur le sujet, je suis convaincu que nous avons beaucoup en commun.

« — Pardon ?” lui ai-je répondu. J'en venais à me demander si nous parlions bien la même langue.

« “Je savais que mes parents demanderaient un jour ou l'autre le divorce : mon père avait une maîtresse depuis des années et ma mère ne l'ignorait pas, même si elle prétendait le contraire, reprit-il. Bien entendu, elle a eu quelques galants de son côté, j'en suis convaincu.

« — Quelques quoi ? lui ai-je demandé.

« — Quelques aventures”, a-t-il répondu d'un ton sec. Il a aussi cette façon de remonter le coin droit de la bouche quand il sort une vach… quand il fait une remarque désobligeante. C'est ce que j'appelais sa moue à la Elvis. Il disait qu'il ne voyait pas ce que je voulais dire par là. Mais je sais qu'il mentait. Charles Allen est très… sournois. Il appellerait probablement ça de la subtilité. Comme vous pouvez le constater, si j'ai gagné quelque chose à le connaître, c'est d'avoir enrichi mon vocabulaire.

— Est-ce que tu étais amoureuse de lui ? demanda Cathy.

Les mots semblaient lui avoir échappé. Elle paraissait même si horrifiée d'avoir osé les prononcer qu'elle regardait autour d'elle avec une expression de bête traquée.

J'ai jeté un coup d'œil incrédule aux autres, puis j'ai regardé le Dr Marlowe qui semblait manifestement ravie de cette sortie.

— J'ai cru un temps que je pouvais le devenir, ai-je finalement répondu. Pourquoi ? Tu es amoureuse de quelqu'un, toi ?

Elle secoua vivement la tête et se remit à scruter le plancher.

— Parce que, si tu veux, je peux m'arrêter là pour que tu puisses nous en parler.

Le Dr Marlowe s'est empressée d'intervenir :

— C'est bon, Misty.

— Oh ! mais je ne veux contrarier personne, docteur

Marlowe. Si Cathy est si impatiente de nous raconter sa vie...

— Ne sois pas méchante, m'avertit-elle.

— Méchante ? Moi, méchante ? me suis-je exclamée, en consultant Jade du regard.

Elle a ri en hochant la tête.

— Qu'est-ce que tu en penses, Star ? ai-je insisté.

— Ce que j'en pense, c'est que, si tu dois nous raconter ton histoire, raconte-la-nous déjà et on verra. Après, ajouta-t-elle, on décidera si tu es méchante ou pas. Mais, si je devais voter maintenant, je dirais que le diable n'est pas ton cousin !

Nous avons toutes éclaté de rire, même Cathy. Mais elle se reprit bien vite. Même son rire avait quelque chose d'incertain, de prudent. Et je me suis demandé qui avait bien pu lui ôter à ce point l'envie, pis encore, la faculté de sourire. J'allais peut-être connaître prochainement la réponse. Mais, en attendant qu'elle nous raconte enfin son histoire, je poursuivais la mienne :

— Je n'ai jamais réellement cru que Charles Allen et moi sortirions ensemble simplement parce que ses parents et les miens manifestaient un penchant commun pour l'hypocrisie, l'égoïsme et le divorce. On racontait que Charles Allen avait une petite amie plus âgée que lui, une étudiante en première année de faculté à l'Université de Southern California. Ce que je devais découvrir, c'est qu'il avait une cousine qui était effectivement en première année à l'USC, mais il n'y avait rien de sentimental entre eux.

« Charles Allen a sa propre voiture, une BMW décapotable. J'ai appris, plus tard, que son grand-père lui avait légué un gros héritage. Je ne sais pas combien exactement, mais il est clair que c'est une somme colossale. Il m'a proposé de me raccompagner. Je me suis dit "pourquoi pas ?" et c'est comme ça que ça a commencé.

« Sur le trajet, nous avons un peu parlé de nos parents. Il n'était pas difficile de deviner qu'il n'était pas très proche d'eux. Sa mère est une grande dame élégante et très mince, mais un peu large de hanches. Ma mère mettrait probablement ça sur le compte de ses grossesses et dirait : "Tu vois, c'est la raison pour laquelle je ne voulais pas avoir d'autres enfants."

« Bien que la mère de Charles Allen ne se soucie manifestement pas autant que la mienne de son apparence, elle est tout de même du genre à ne jamais se laisser surprendre.

— Surprendre ? répéta Star.

— Ce que je veux dire, c'est qu'à toute heure et en toutes circonstances elle est toujours très bien habillée. Charles Allen m'a raconté qu'elle se consacrait à des œuvres de charité et qu'elle siégeait au conseil d'administration de plusieurs organisations humanitaires. Il trouvait d'ailleurs plutôt amusant de voir sa mère se dévouer corps et âme aux malades et aux opprimés, elle qui avait toujours si peu de temps à lui accorder.

« Comme moi, il a eu une nounou quand il était petit. Après, ce sont surtout les domestiques, de la femme de chambre de sa mère au chauffeur de son père, qui se sont occupés de lui. Il disait que ses parents engageaient même des gens pour jouer avec lui. Un jour, il m'a dit qu'il avait l'impression que ses parents avaient toujours fait en sorte d'éviter toute intimité avec lui. "Jamais désœuvré et toujours à distance, telle était la devise éducative de mes parents à mon endroit", avait-il marmonné.

— Tu crois qu'ils ne l'aiment pas ? Leur propre fils ? s'est indignée Star.

J'ai haussé les épaules.

— Je crois surtout qu'ils n'aiment pas les enfants, en général, et les leurs, en particulier.

— Les gens riches me dégoûtent, a-t-elle maugréé.

— Les gens pauvres ne se comportent pas forcément mieux, lui a fait remarquer Jade.

Il était clair qu'elles étaient à deux doigts de se quereller pour de bon et je me suis empressée d'enchaîner :

— La deuxième fois que nous avons quitté le lycée ensemble, je suis allée chez lui et il m'a fait faire le tour du propriétaire. Sa mère s'apprêtait à partir pour une réunion. Charles Allen ne nous a pas pour autant épargné les présentations d'usage, jouant son rôle d'hôte modèle à la perfection.

« "Jouer son rôle" sont les propres mots de Charles Allen. Il m'a dit que la majeure partie des choses qu'il faisait pour ou avec ses parents l'avaient toujours fait penser à quelque pièce de théâtre parfaitement rodée.

« "Mère, a-t-il dit, j'aimerais vous présenter Misty Foster. Misty, voici ma mère, Elizabeth Howe Fitch."

— Ouah ! s'est exclamée Jade. J'en déduis que ses parents sont très collet monté.

— C'est peu de le dire. Son père s'appelle Benjamin Harrison Jackson Fitch.

— Dis donc ! Ça doit lui prendre des heures, quand il a des formulaires à remplir ! railla Star.

— Il ne doit jamais remplir quoi que ce soit, lui rétorqua Jade. Il a des avocats pour le faire à sa place, sans aucun doute.

— Je peux continuer ? ai-je lâché.

Elles se sont aussitôt tues et j'ai repris mon récit :

— Sa mère m'a tendu une longue et fine main couverte de bagues. Au moment où je m'apprêtais à la serrer, elle l'a brusquement retirée. Elle ne s'y serait pas prise autrement si j'avais eu la lèpre. Charles Allen m'a dit de ne pas m'en formaliser. Sa mère ne supporte pas les contacts physiques. Elle a les accolades en horreur et est, paraît-il, passée maître dans l'art d'embrasser dans le vide.

— Qu'est-ce que ça veut dire ?

Jade et Star se retournèrent vers Cathy, comme si elles avaient déjà complètement oublié son existence.

— Elle se penche pour vous embrasser la joue mais, en fait, elle ne l'effleure même pas, lui ai-je répondu. Charles Allen disait que, même son père, elle l'embrassait comme ça. Il disait qu'il n'avait jamais vu ses parents s'embrasser sur la bouche.

— Pas étonnant que son père soit allé voir ailleurs, conclut Star.

J'ai hoché la tête.

— Et Charles Allen ? demanda soudain Jade, un petit sourire espiègle aux lèvres et une étincelle de malice dans les yeux. Comment embrassait-il ?

— Pas très bien, au début. Comme je le disais, tout à l'heure, il m'a d'abord fait visiter les lieux, puis nous avons fait une ou deux parties de ping-pong dans la salle de jeux. Il y avait aussi un billard et un jeu de hockey. Il m'a également emmenée voir le parc, la piscine et les courts de tennis, puis il m'a montré sa chambre. Elle était aussi grande que celle de mes parents, sauf que, dans la sienne, il y avait un *home video* encastré dans le mur, avec télé, chaîne hi-fi, etc. Et il fallait voir son « dressing » ! Tout était si bien rangé, avec des piles bien nettes. Et tous ces tiroirs ! Un pour chaque couleur de chaussettes ! De ses sous-vêtements à ses manteaux, tout semblait sortir du magasin. Certains étaient encore enveloppés dans du papier de soie !

« Nous nous sommes assis pour discuter un peu de nos familles respectives. Il disait qu'il ne voyait déjà pas beaucoup son père, avant le divorce, mais que, maintenant, "il lui fallait, de surcroît, respecter un planning de rendez-vous fixés à l'avance". Une fois par semaine, il devait se rendre au bureau de son père et lui faire un rapport détaillé de ses résultats scolaires.

« Je crois que ce qui me dérangeait le plus chez lui, c'était ce côté rigoureux, formel qui ressortait de tout. Les domestiques l'appelaient Charles Allen. Sa mère l'appelait Charles Allen et, bien que je ne l'aie jamais rencontré, j'imagine que son père ne l'appelait pas autrement. Tout le monde était si poli, si... comme il faut. À force, ça me mettait mal à l'aise.

« Enfin bref. Vers la fin de notre discussion – qu'il avait appelée un "conciliabule"... Quelqu'un a déjà entendu ce mot-là ?

Jade acquiesça, mais Cathy et Star secouèrent la tête.

— Nous étions assis sur ce petit divan dans sa chambre. Il se tenait à un bout et moi à l'autre. Il y avait assez de place entre nous pour une troisième personne. Mais, à la fin de notre petit entretien, il s'est tu, m'a regardée avec, dans les yeux, cette expression qui me fait fondre et m'a dit : "J'ai toujours eu envie de te parler, mais je ne savais pas comment t'aborder avant que je n'apprenne le divorce de tes parents.

« — Comme quoi, à quelque chose malheur est bon", lui ai-je répondu. Et il a ri.

« Charles Allen a deux sortes de rire : le premier, quand on l'entend, fait penser à un robot, une sorte de "ha ! ha ! ha !" mécanique avec chaque "ha" parfaitement détaché des autres et exactement identique au précédent. C'est difficile à expliquer. Mais celui que j'appelle son "vrai rire" est beaucoup plus doux. Il fait pétiller ses yeux et fait apparaître au coin de sa bouche une adorable petite fossette. Vous me regardez comme si j'étais folle, mais, si vous le voyiez, vous comprendriez ce que je veux dire.

« Bref. Je savais ce qu'il entendait par là, évidemment : il avait toujours eu un petit faible pour moi. Au début, je ne savais pas quoi dire. Et puis je lui ai répondu : "J'ai toujours espéré que tu me parlerais un jour." C'était un énorme mensonge, bien sûr, mais ça a eu l'air de lui plaire.

« "Les filles du lycée sont si insipides, pour la plupart", a-t-il dit. Je ne savais pas ce que le mot "insipide" signifiait. Je crois que nous l'avions eu dans un récent devoir, mais je n'avais rien appris et je l'avais complètement raté.

« "Je vois ce que tu veux dire", ai-je acquiescé. Ça semblait la réponse la plus sûre. En tout cas, elle a semblé le satisfaire.

« "Je m'en doute, a-t-il jubilé. J'imagine qu'il n'y a personne au lycée auprès de qui tu puisses vraiment t'épancher, exprimer ce que tu ressens au sujet de ta situation familiale actuelle", a-t-il ajouté.

« Puis il s'est adossé aux coussins du divan et a commencé à me raconter comment il vivait, pour sa part, le divorce de ses parents, ce qu'il éprouvait profondément… comment il percevait la situation : il voyait sa famille comme une sorte de TGV rutilant, lancé à pleine vitesse, puissant, performant, et il imaginait qu'une dispute avait subitement éclaté entre l'ingénieur en chef et son assistant et que le train s'était mis à tanguer, ses roues crissant dans les virages, jusqu'à ce qu'il finisse par dérailler, achevant sa course dans un grincement abominable. Je ne savais pas vraiment quoi dire après ça. Son idée de comparaison semblait… brillante et pourtant… elle avait quelque chose d'un peu ridicule aussi. Heureusement, pendant que je me creusais la tête pour trouver une réponse acceptable, il a ajouté : "J'ai parfois envie de sauter du train. Pas toi ?"

« J'ai aussitôt pensé : Oh oui ! Oui, je voudrais quitter tout ça, me sauver. Ce n'était peut-être pas une mauvaise idée, après tout… Et c'est ce que je lui ai dit. C'est à partir de là que nous nous sommes lancés dans cette grande discussion sur l'existence que nous mènerions si nous pouvions vivre sans nos parents. En fait, je commençais vraiment à penser que c'était possible. Il avait de l'argent. Il lui suffisait de le récupérer. Or, il savait comment s'y prendre… Tout ça semblait si… romantique.

« C'est à ce moment-là qu'il a brusquement franchi l'espace qui nous séparait et qu'il m'a embrassée sur la bouche. Il s'y est assez mal pris, il faut dire : il a même été si maladroit que nous avons failli nous cogner. Et il a murmuré : "J'espère que ça ne te dérange pas."

« J'ai secoué la tête. À l'entendre, on aurait pu croire qu'il venait de m'emprunter un livre de cours ou quelque chose comme ça. Alors, il a recommencé et, cette fois, ça a duré plus longtemps et c'était plus agréable aussi.

« "Tu es la première fille que je fais monter dans ma chambre", m'a-t-il alors avoué à voix basse.

« Je ne sais pas comment dire…

Je me suis tournée vers le Dr Marlowe qui m'a fait un petit signe d'encouragement, si discret que je suis sûre d'avoir été la seule à le voir.

— En fait, je crois que je voulais tellement que quelqu'un me dise des choses tendres et… et gentilles que j'aurais embrassé Jack l'Éventreur en personne. Mon cœur a commencé à s'emballer. Nos visages étaient si près l'un de l'autre que nos nez se touchaient presque. J'ai fermé les yeux et il m'a encore embrassée.

Cathy se mit alors à se tortiller sur son siège. On aurait cru qu'elle s'était assise sur une fourmilière. Le Dr Marlowe la surveillait du coin de l'œil avec une flagrante inquiétude. Star me regardait avec une expression qui frisait l'hostilité et Jade se contentait de river sur moi ses beaux yeux verts dans lesquels se lisait le plus profond ennui. Se disait-elle que je n'étais qu'une petite fille, à des années-lumière de sa propre expérience amoureuse ? Elle allait voir ce qu'elle allait voir !

« Cette fois-ci, il a mis sa langue dans ma bouche, ai-je repris d'un ton assuré.

Jade a légèrement haussé les sourcils.

— Certains garçons emploient des ruses de Sioux pour parvenir à leurs fins, mais Charles Allen n'a pas hésité une seconde avant de faire remonter ses mains le long de mon torse pour les plaquer contre mes seins.

Cathy baissa la tête et recommença à regarder obstinément le plancher.

— Oh, oh ! persifla Star. Monsieur Bien-Élevé aurait-il perdu les pédales ?

Et elle m'a jeté un coup d'œil en biais en arquant un sourcil.

— Je ne suis pas du genre à me laisser faire si facilement, ai-je repris d'un ton tranchant. Et je l'ai repoussé.

— Et alors ? Qu'est-ce qu'il a fait ? s'impatienta Jade.

— Il a fait semblant de ne pas comprendre et il m'a embrassée dans le cou. Personne ne m'avait jamais embrassée comme ça avant. Ce que j'ai ressenti était si fort que j'ai pris peur. Ça m'a littéralement électrisée et je me suis brusquement écartée pour me réfugier sur mon côté du divan.

« Il était si poli ! Il s'est empressé de me faire ses excuses. Mais je ne l'écoutais pas. J'étais troublée, perdue. Mon cœur explosait dans un kaléidoscope d'émotions contradictoires. J'avais peur mais, en même temps, je ne voulais pas qu'il arrête. Je voulais qu'on m'embrasse, qu'on me serre dans ses bras, qu'on me désire…

« "Oh ! Arrête donc de jouer les hypocrites !" lui ai-je sèchement ordonné.

« Cette fois, c'est lui qui a eu l'air désarçonné.

« "Je ne joue pas les hypocrites, a-t-il protesté. Je n'ai simplement pas pour habitude d'abuser des gens, à plus forte raison quand ils sont vulnérables."

« Lui et son fichu vocabulaire ! "Ce qui est censé signifier ? lui ai-je demandé.

« — Tu es particulièrement fragile, en ce moment, parce que tu traverses une période difficile avec le divorce de tes parents", a-t-il répondu. Ce qui m'a rendue encore plus furieuse. Il était beaucoup plus malin que je ne l'imaginais : il me manipulait.

« "Absolument pas, lui ai-je rétorqué. Ils peuvent s'étriper si ça leur chante. Ça m'est complètement égal."

« Il a alors eu ce petit rictus arrogant. Je l'aurais giflé.

« "En fait, la seule vraie raison pour laquelle tu as arrêté, c'est parce que tu as eu peur, lui ai-je dit.

« — Comment cela ? C'est toi qui m'as repoussé ! a-t-il protesté.

« — Seulement parce que tu es allé trop vite. Les filles n'aiment pas quand les garçons les bousculent, figure-toi."

Son beau visage s'est illuminé et il a éclaté de rire.

« "Qu'est-ce qu'il y a de si drôle ? lui ai-je demandé.

« — C'est ce que tu entends par '*aller trop vite*' ! J'aurais difficilement pu aller plus lentement ! Tu as seulement été effrayée ; ce qui est bien compréhensible pour une fille qui est encore vierge", a-t-il répondu.

« J'avais peur, c'est vrai. Mais, grâce au Dr Marlowe, je sais maintenant que je craignais simplement d'être comme ma mère pour qui, d'après ce que j'avais entendu dire par mon père, le sexe était tout le contraire d'un plaisir : un véritable calvaire. Je croyais que je serais comme elle : que je ferais fuir celui qui m'avait aimée.

J'avais dit ça sur le ton de la bonne élève qui récite sa leçon et le Dr Marlowe a salué ma prestation d'un petit hochement de tête satisfait.

— Alors, qu'est-ce que tu as fait ? demanda Star.

— "Qu'est-ce qui te fait croire que je suis encore vierge ?" ai-je aussitôt riposté.

« Il a eu ce même petit rire arrogant et il a dit : "Oh ! tu es vierge, assurément. Aussi pure que l'enfant qui vient de naître.

« — C'est ce que tu crois", lui ai-je lancé. Il a ri de plus belle. Et là je lui ai dit : "Tu veux vérifier ?"

— C'est vrai ce qu'elle dit ? a brusquement lâché Star, en se tournant vers le Dr Marlowe.

— C'est à elle qu'il faut le demander et à toi de te faire ta propre opinion, Star.

Star fit une moue dédaigneuse et plissa les yeux.

— Et alors ? Qu'est-ce qui s'est passé après ? s'enquit-elle d'un tel ton que j'avais l'impression d'être soumise à un contre-interrogatoire pour cause de parjure.

— Sur le moment, il est resté assis sans bouger, un peu choqué, peut-être. J'avais vraiment envie de le choquer, je crois. Alors, j'ai commencé à déboutonner mon chemisier. Il était pétrifié. Ça m'a procuré une telle sensation de puissance que j'ai continué.

Cathy releva les yeux et me dévisagea avec un manifeste regain d'intérêt.

— Mon cœur cognait dans ma poitrine, mais je ne me suis pas dégonflée. J'ai ouvert mon chemisier et j'ai dégrafé mon soutien-gorge. Et puis j'ai attendu, là, sans rien faire, avec mon soutien-gorge dégrafé. Charles Allen était devenu tout rouge.

« "Alors ? lui ai-je dit. Tu veux me toucher, oui ou non ?"

— En fait, tu jouais avec lui, analysa Star. Comme avec un yo-yo ou un truc comme ça, ajouta-t-elle, en quêtant l'assentiment de Jade qui me regardait fixement, le menton dans la main, retenant son souffle.

— J'avais plutôt l'impression de jouer un rôle, d'être une actrice dans un film, lui ai-je expliqué. Il a hoché la tête et j'ai enlevé mon soutien-gorge.

La pièce était devenue si silencieuse que je pouvais entendre le bruit des canalisations à l'autre bout de la maison.

— Qu'est-ce qu'il a fait quand tu as enlevé ton soutien-gorge ? demanda Star, haletante.

— À ton avis ? lui ai-je répliqué du tac au tac.

— Tu l'as fait comme ça ? La première fois que tu es montée dans sa chambre !

— Non, pas ce jour-là. Un autre jour, lui ai-je répondu. Et il n'y a pas eu de deuxième fois.

— Une seule fois ? Pourquoi ?

Il m'a fallu un bon moment pour réussir à faire sortir les mots. C'était comme si j'avais avalé par mégarde une tablette de chewing-gum : il fallait attendre qu'elle soit descendue. Elles me regardaient fixement toutes les trois. Enfin, quand j'ai eu assez d'air dans les poumons pour parler, je me suis lancée :

— Parce que j'ai découvert qu'il mentait encore mieux que tous nos parents réunis, ai-je répondu.

Je ne me suis rendu compte que je pleurais que lorsqu'une larme est tombée de mon menton.

Le Dr Marlowe a alors insisté pour que nous fassions une pause de quelques minutes.

— Que tu le veuilles ou non, m'a-t-elle dit, je dois aller aux toilettes, de toute façon.

Et elle s'est levée.

Les trois filles me dévoraient toujours des yeux, Cathy tout aussi ostensiblement que les autres.

Je me suis levée à mon tour et j'ai suivi le Dr Marlowe. Elles nous ont regardées sortir sans bouger, sans même oser respirer.

Quant à moi, il était temps : j'étais déjà au bord de l'asphyxie.

5

Quand je suis revenue avec le Dr Marlowe, j'ai tout de suite vu, à leur expression, que les autres filles avaient parlé de moi : elles avaient du mal à me regarder en face, surtout Cathy. Je me suis assise et j'ai attendu que le Dr Marlowe en fasse autant. Elle avait chaussé ses lunettes et lisait quelque chose sur son bloc-notes. Elle a remué l'index de sa main droite, comme si elle y avait attaché une idée et qu'elle la faisait tourner, puis a achevé sa lecture avec un sourire et s'est tournée vers moi

— Veux-tu continuer, Misty ? m'a-t-elle demandé.

J'ai regardé les autres. Elles semblaient manifestement impatientes de connaître la suite.

— Ça m'est égal. OK.

Et je me suis remise à parler. C'était comme si j'avais avalé quelque chose de toxique et qu'il fallait à tout prix que je l'évacue de mon organisme.

— Quelques jours après ma première visite chez lui, j'ai invité Charles Allen à la maison, après les cours, pour qu'il puisse faire la connaissance de ma mère et réciproquement. Son nom m'avait déjà plusieurs fois échappé, dans la conversation, à table, et ça avait suffi pour qu'elle l'appelle mon "petit ami".

« "Tu devrais me présenter ton petit ami, insistait-elle, en prenant son air de chef de famille que je détestais tant parce qu'il la vieillissait terriblement. J'ai tout de même bien le droit de savoir à quoi il ressemble, ce jeune homme, vu le temps que tu passes avec lui. D'autant que tu es déjà allée chez lui et que tu as rencontré sa mère."

« Elle prenait toujours un ton geignard pour invoquer ce dernier argument, probablement blessée dans son amour-propre que j'aie été présentée à la mère de Charles Allen avant qu'il n'ait été, lui-même, présenté à la mienne. Depuis le début de cette histoire de divorce, on aurait dit que ma mère cherchait tous les moyens possibles de me culpabiliser, comme une gamine qui farfouille dans le jardin, le matin de Pâques, pour trouver ses œufs en chocolat.

« Je lui resservais invariablement la même réponse : "Et d'un, ce n'est pas mon 'petit ami'. Et de deux, je ne passe pas tant de temps que ça avec lui. Et de trois, tu n'as jamais demandé à rencontrer aucun de mes autres amis, bien que je sois allée très souvent chez eux et que j'aie souvent rencontré leurs parents.

« — C'était différent", s'entêtait-elle. Ma mère hoche toujours la tête après avoir dit quelque chose d'aussi définitif, surtout quand elle entend obtenir votre pleine et entière adhésion. C'est un peu comme si elle essayait de diriger vos pensées.

« "Et pourquoi donc ?" lui ai-je rétorqué, un jour où je n'étais pas d'humeur à supporter ses jérémiades. Elle a bien sûr été mortellement vexée que j'ose discuter. Sa bouche s'est incurvée, les commissures plongeant brusquement vers son menton.

« "Parce que ton père vivait encore ici. Pour l'amour du ciel, Misty ! Ne me dis pas que tu n'es pas assez grande, maintenant, pour comprendre que, désormais, c'est moi qui endosse toute la responsabilité", a-t-elle gémi avec un gros soupir censé, sans doute, suggérer l'énorme masse dont on venait de se décharger sur ses délicates épaules de faible femme.

« Je savais pertinemment qu'elle en rajoutait dans le registre mélodramatique, et ce uniquement pour voir quel genre de garçon je fréquentais. Il n'empêche que j'ai tout de même amené Charles Allen à la maison et que je l'ai présenté à ma mère.

Je me suis alors tournée vers les autres filles.

— Je dois d'abord vous prévenir que, depuis toujours,

ma mère court après le titre de championne du monde de flirt dans la catégorie poids lourds. Dès qu'elle a vu Charles Allen et qu'elle a donc pu constater, contrairement à ce qu'elle s'était sans doute imaginé, qu'il n'était pas précisément le sosie de Frankenstein, elle nous a joué sa grande scène de séduction à la Scarlett O'Hara. J'ai cru que j'allais en recracher mon déjeuner.

« Cependant, dès le départ, elle a commis une monstrueuse erreur : elle l'a appelé Charlie. Chaque fois qu'elle lui donnait du Charlie, il grimaçait de douleur. Mais il était trop poli pour lui dire quoi que ce soit, bien entendu.

« Comme je lui avais dit que Charles Allen venait d'une grande famille, il a fallu qu'elle lui inflige la visite commentée du musée familial, désignant en chemin chaque objet de prix : les peintures, le piano Baldwin, sa collection Lalique et même les meubles et les tapis qu'elle qualifiait d' "importés" et de "valeur". Elle croyait sans doute l'impressionner, mais, si elle avait su lire dans son regard, elle aurait vu, au premier coup d'œil, qu'elle l'ennuyait à mourir.

« C'est alors qu'elle m'a causé l'humiliation de ma vie. Franchement, c'était à pleurer de honte.

« "Vous savez, ce n'est pas toujours facile d'être la mère d'une adolescente quand on ne cesse de vous prendre pour sa grande sœur, a-t-elle lâché avec son tact habituel, en faisant mousser sa chevelure et en battant des cils. Je me tiens au courant des dernières chansons à la mode et je lis les mêmes magazines que Misty. Nous aimons aussi les mêmes feuilletons à la télévision, n'est-ce pas, ma chérie ?

« — Je ne regarde pas si souvent la télé", ai-je marmonné entre mes dents. Ce qui l'a fait pouffer comme une gamine.

« "Bien sûr que si elle regarde la télé, Charlie !

« — Il s'appelle Charles Allen, Mère, pas Charlie, l'ai-je alors reprise, excédée.

« — Oh ! fariboles !" s'est-elle exclamée, en le prenant par le bras pour l'entraîner vers le patio. Tout juste si elle n'a pas posé la tête sur son épaule. "Ce sont ses parents qui l'appellent comme cela, m'a-t-elle expliqué, sur le ton d'une institutrice de maternelle. Vous n'aimez pas que l'on s'adresse à vous de façon si protocolaire, n'est-ce pas, Charlie ?

« — À dire vrai, lui a répondu Charles Allen, j'y suis habitué, madame Foster.

« — Oh ! je vous en priiiiie ! s'est-elle écriée, avec une moue horrifiée, comme si elle venait de voir un rat. Ne m'appelez pas madame Foster ! J'ai l'impression d'être centenaire ! Appelez-moi Gloria. Tous les amis de Misty m'appellent Gloria." Ce qui était encore un mensonge gros comme une maison.

« Il m'a jeté un coup d'œil par-dessus son épaule pour m'appeler à la rescousse et j'ai dit à ma mère qu'il était venu pour m'aider à préparer un devoir et que nous n'avions pas beaucoup de temps parce qu'il devait rentrer de bonne heure chez lui. Elle n'aurait pas semblé plus désespérée si je venais de lui annoncer qu'il ne lui restait plus que deux jours à vivre.

« "Oh ! a-t-elle dit, en s'écartant à regret de son cavalier. Bien sûr. Je comprends. Je voulais juste faire en sorte que Charlie se sente ici comme chez lui."

« Pendant un quart de seconde, elle m'a fait pitié. J'ai vraiment pensé que sa solitude lui pesait et je me suis sentie coupable de la priver de notre compagnie, mais Charles Allen m'en était manifestement très reconnaissant.

« Nous sommes montés dans ma chambre et je lui ai aussitôt demandé d'excuser le comportement de ma mère. Il s'est laissé tomber sur mon lit, les bras en croix, et s'est mis à regarder le plafond en silence.

« "J'ai horreur qu'on me lèche les bottes, a-t-il finalement lâché, et ces effusions m'exaspèrent. J'ai une tante dont c'est la spécialité. Dès qu'elle arrive à la maison, elle me cherche partout et, quand elle me trouve, elle me serre si fort dans ses bras que je crains de périr étouffé. Elle porte, de surcroît, ce parfum entêtant ! Le genre de parfum qui vous suit des heures après que vous l'avez senti. Elle adore m'ébouriffer les cheveux et m'envelopper de ses longs bras maigres. Seigneur ! J'ai toujours l'impression d'être la proie d'une pieuvre qui m'emprisonne dans ses tentacules : un véritable cauchemar !"

« Il se redressa, un large sourire aux lèvres.

« "Qu'est-ce qu'il y a ? lui ai-je demandé.

« — Chaque fois que je la critique, ma mère me rappelle qu'un jour – je ne devais pas avoir plus de deux ou trois ans – j'ai uriné sur ses genoux, comme cela, sans crier gare, à travers mes vêtements. Ce qui ne l'a pas pour autant empêchée de recommencer à me couvrir de baisers lors de ses visites suivantes. C'est la sœur aînée de ma mère, une vieille fille. Quand ma grand-mère maternelle a eu un arrêt cardiaque, c'est elle qui s'en est occupée ; et ce, pendant de longues années. C'est la raison pour laquelle nous sommes obligés de supporter toutes ses excentricités. Et, crois-moi, elle n'en est pas avare !"

« Il s'est alors interrompu et a commencé à examiner ma chambre, ponctuant son inspection de petits hochements de tête pour l'armoire, la coiffeuse, l'ordinateur, le bureau, les miroirs et même pour mes posters, mon pêle-mêle de photos de famille et ma collection de poupées.

« "Ta chambre est exactement telle que je l'imaginais, m'a-t-il affirmé.

« — C'est-à-dire ?" lui ai-je demandé. S'il m'avait répondu qu'elle était jolie, je l'aurais jeté dehors avec perte et fracas.

— Et qu'est-ce qu'il a dit ? s'enquit Jade.

— Il a dit qu'il s'en dégageait une atmosphère intime et chaleureuse et qu'on s'y sentait bien. Charles Allen savait exactement sur quels boutons il fallait appuyer, ai-je conclu avec un petit sourire sarcastique.

— On dirait que tu ne peux vraiment plus le sentir, fit Star, avec une pointe d'ironie dans la voix.

J'ai coulé un regard vers le Dr Marlowe. Son expression s'est attendrie.

— Ce n'est pas ça. Non, en fait, il me fait pitié. Il est encore plus... plus paumé que moi...

« Enfin bref. Ça a été très chaud, cet après-midi-là. Nous ne sommes pas passés loin, ai-je enchaîné à l'intention de Star.

Elle a eu l'air déçue.

— Nous avons recommencé à nous embrasser et il m'a demandé de refaire ce que j'avais fait dans sa chambre. Alors j'ai enlevé mon chemisier et mon soutien-gorge. Il y avait quelque chose d'excitant à faire ça dans ma propre maison, avec ma mère en bas, en train de se vernir les ongles ou je ne sais quoi, juste en dessous.

Je me suis interrompue dans ma description de la scène, toute à mes souvenirs de cet après-midi-là : ses yeux, mon cœur cognant dans ma poitrine, le nuage qui avait assombri ma chambre et lui avait donné cette étrange atmosphère de mystère et de secret, la manière qu'il avait de se passer la langue sur sa lèvre inférieure…

— Si tu dois tout nous raconter, alors vas-y ! s'écria soudain Star, interrompant brutalement le cours de mes pensées.

Je lui ai lancé un regard noir qui disait bien ce qu'il voulait dire : elle aurait intérêt à se montrer aussi franche et honnête que moi. J'avais déjà décrit, en partie, cette scène au Dr Marlowe. Il ne m'était donc pas trop difficile de le refaire devant elle.

— Nous nous sommes allongés sur mon lit et nous nous sommes embrassés. Je gardais les yeux fermés et je me cramponnais à lui comme si ma vie en dépendait. On aurait dit que j'allais me noyer s'il ne me retenait pas. Puis il a déboutonné mon jean et a glissé la main en dessous. Personne ne m'avait jamais touchée là. C'est alors qu'il a enlevé son pantalon. Je ne m'y attendais pas et ça m'a stupéfiée. Il se tortillait. On aurait dit un serpent. J'ai trouvé ça plutôt comique, mais, quand j'ai senti ses jambes nues entre les miennes, j'ai commencé à paniquer et je lui ai demandé d'arrêter. Il m'a répondu qu'il ne pouvait pas. Il m'a dit que c'était trop tard, que c'était comme ça avec les garçons.

« "Tu ne le savais donc pas ?" s'est-il exclamé, d'un ton narquois. Et, comme je ne voulais pas avoir l'air gourde, j'ai acquiescé. Comme vous toutes, je suppose, j'ai eu moi aussi des cours d'éducation sexuelle à l'école. Je savais comment ça se passait, évidemment. Mais c'est très différent quand ça vous arrive. Ce n'est pas du tout comme quand on le lit dans un livre.

« Enfin bref. Alors, il a dit : "Tu sais donc que je ne peux plus m'interrompre maintenant" et il est devenu tout excité et je me suis retrouvée toute mouillée. Mon cœur battait si fort que je croyais m'évanouir. Je me suis levée précipitamment et j'ai couru dans ma salle de bains. Je n'arrivais pas à reprendre haleine. Mon cœur cognait toujours aussi fort. Quand je suis ressortie, il s'était rhabillé et pianotait sur mon ordinateur, assis à mon bureau, parfaitement calme et posé, comme s'il ne s'était rien passé. Quand il a été prêt à partir, il m'a priée de l'excuser de ne pas avoir été "mieux préparé".

« "Préparé ? ai-je répété d'un ton interrogateur.

« — Tu sais, a-t-il dit avec un geste vague de la main, la contraception et ses contraintes. La prochaine fois, nous ne nous comporterons pas comme une paire de gosses insouciants."

« J'ai hoché la tête, tout en me demandant quel degré de maturité il me prêtait au juste.

« "Je ne m'attendais pas que nous en ayons l'occasion", expliqua-t-il. Il avait une façon de présenter les choses qui ne me parut ni très romantique, ni très palpitante.

« Il est allé saluer ma mère qui a voulu jouer les prolongations en lui annonçant qu'elle avait l'intention de changer de couleur de cheveux et de coupe. Elle avait sélectionné plusieurs photos dans des magazines et elle voulait connaître son opinion. Il lui répétait sans cesse qu'elle était très bien comme elle était, mais elle insista tant qu'il finit par choisir n'importe laquelle pour en être quitte. Évidemment, c'était justement celle qu'elle préférait.

« Je l'ai raccompagné à sa voiture et je lui ai de nouveau demandé d'excuser ma mère.

« "Ce n'est rien, m'a-t-il assuré. Je la trouve plutôt amusante, en fait.

« — Amusante ?"

« Je n'appréciais pas vraiment qu'il dise ça de ma mère. Mais il s'est contenté de sourire et il a mis le contact. Puis il s'est penché par la portière et il m'a embrassée.

« "Tu es la plus gentille fille que je connaisse, a-t-il murmuré. C'est agréable de constater que l'on ne s'est pas trompé."

« C'était censé être un compliment, je sais, mais, à l'entendre, on aurait plutôt cru qu'il se félicitait, lui, d'avoir su choisir sa petite amie.

« Quand je suis rentrée à la maison, une grosse surprise m'attendait. Ma mère m'a, elle aussi, complimentée, figurez-vous : je ne pouvais pas imaginer combien il était réconfortant, pour elle, de savoir que sa fille fréquentait un "vrai gentleman", disait-elle. Elle n'avait pas assez de mots pour vanter les mérites de cette perle rare et l'excellence de mon jugement. Et combien il était important de savoir faire preuve de discernement, même à ce stade des petites amourettes de lycée. Son divorce n'en était-il pas la démonstration ? Mais je n'étais pas au bout de mes surprises : dans la foulée, elle m'a annoncé qu'elle avait décidé d'accepter son premier rendez-vous depuis le départ de mon père. Le propriétaire d'un des restaurants dans lesquels elle avait l'habitude de déjeuner avait appris son divorce et l'avait invitée à dîner.

« Je crois que c'est seulement à ce moment-là que j'ai vraiment compris que mes parents étaient deux personnes indépendantes qui vivraient désormais séparées.

Je m'étais tue pour reprendre haleine quand j'ai remarqué l'étrange comportement de Cathy : elle tremblait si violemment qu'elle semblait être littéralement en train de geler. Elle s'était enveloppée de ses bras, s'étreignant de toutes ses forces, et sa pâleur s'était encore accentuée, comme si elle n'avait plus une goutte de sang dans les veines. Elle était livide. Jade et Star s'en sont également aperçues et nous nous sommes toutes les trois tournées vers le Dr Marlowe avec inquiétude. Mais elle a discrètement secoué la tête pour nous engager à garder le silence. J'ai compris qu'elle voulait que je continue à parler et, les yeux rivés sur Cathy, j'ai enchaîné :

— Le hasard a donc voulu que, ce week-end-là, ma

mère et moi ayons toutes les deux rendez-vous : elle, avec son restaurateur et moi, avec Charles Allen. Nous avions prévu d'aller de bonne heure au cinéma et de manger une pizza après le film.

« Nous voilà donc, ce samedi après-midi, en train de nous pomponner, chacune devant sa coiffeuse. Elle accourait dans ma chambre pour solliciter mon avis sur la couleur de son rouge à lèvres et je ne pouvais m'empêcher de lui demander comment me coiffer et me maquiller, car, comme papa me l'avait dit bien des fois, il fallait reconnaître que ma mère était une experte en la matière. Mais, si, de son côté, elle voulait se rajeunir, je voulais, au contraire, faire plus vieux, afficher cette prétendue maturité que Charles Allen semblait me prêter.

« La scène devait être assez cocasse : notre course d'une chambre à l'autre, nos multiples vérifications devant tous les miroirs de la maison. Elle m'a même prise par la taille devant sa psyché et s'est mise à chantonner d'une voix doucereuse et haut perchée : "Miroir, gentil miroir, dis-nous qui est la plus belle fille du monde ? Tu entends, Misty ? Tu entends ? Il dit que c'est toi, c'est toi !"

« Vous allez me trouver idiote, mais je n'ai pas pu m'empêcher de rire avec elle et, pendant un court instant, du moins, de croire que nous étions aussi proches qu'une mère et sa fille peuvent l'être.

« Nous avons toutes les deux pris un bain moussant et je l'ai laissée verser ses huiles parfumées dans le mien. Évidemment, elle n'a pas aimé ce que je portais. Elle avait beau prétendre être très "moderne", comme elle dit, elle n'aimait tout simplement pas ma façon de m'habiller. J'avais mis un débardeur et un jean.

« "Tu ne veux donc pas porter une de tes si jolies petites robes ? m'a-t-elle demandé.

« — Je vais juste au cinéma et manger une pizza, maman, pas au bal des *debs*.

« — Tu devrais toujours être habillée et apprêtée comme si tu allais au bal des débutantes", m'a-t-elle rétorqué.

« Je lui ai dit de me lâcher un peu et elle a cessé de critiquer ma tenue pour me complimenter sur tout le reste.

Comme je devais partir la première, j'ai eu droit à la revue de détail un quart d'heure avant l'arrivée de Charles Allen.

« "Tu es magnifique, a-t-elle conclu. Dommage que ton père ne soit pas là pour te voir."

« Je n'avais pas eu de nouvelles de papa de toute la semaine et je savais qu'il partait pour le week-end. Il était prévu que je passe le suivant chez lui. Ce que j'ignorais, à l'époque, c'est que mon père avait déjà commencé à sortir avec d'autres femmes de son côté. En fait, ajoutai-je, en déglutissant pour essayer de faire passer la boule que j'avais dans la gorge, je crois qu'il avait commencé à sortir avec Ariel avant même que maman et lui aient décidé de divorcer : il a trompé ma mère.

— Comment tu le sais ? demanda Star.

— La première fois que je les ai vus ensemble, j'ai juste eu l'impression qu'ils étaient un peu trop à l'aise. Ils se comportaient comme un couple qui a déjà ses habitudes. C'est quelque chose que l'on sent.

— Oui, a-t-elle acquiescé. C'est vrai.

Comme quoi, nous devions avoir plus en commun que nous ne l'avions imaginé au départ, me suis-je dit. Le Dr Marlowe devait vraiment savoir ce qu'elle faisait en nous réunissant, finalement.

— Quand Charles Allen est venu me chercher, j'ai réalisé que c'était mon premier vrai rendez-vous avec un garçon. J'étais déjà allée au cinéma avec des copines et nous retrouvions quelquefois des camarades de classe sur place pour dîner ensemble après le film. Mais c'était la première fois que j'allais passer la soirée toute seule avec un garçon.

« Papa disait toujours qu'il serait là, le jour où mon premier petit copain viendrait me chercher. Il disait qu'il saurait le recevoir dignement et qu'il faudrait d'abord qu'il lui demande l'autorisation de sortir avec sa fille. Il aimait bien me taquiner avec ça et menaçait, avant de lui donner son consentement, de "faire passer à ce freluquet une inspection digne d'un sergent instructeur des Marines". Le "freluquet" en question tremblerait alors dans ses chaussures et comprendrait que "s'il ne respectait pas sa petite fille, ça barderait pour son matricule".

« Je rêvais souvent de cette scène. J'aimais bien imaginer papa dans le rôle du grand protecteur, souffrant cette secrète douleur que tout père doit endurer quand il s'aperçoit que sa petite fille est devenue grande et qu'elle est prête pour son premier rendez-vous. Dans combien de films ne voit-on pas la mère rappeler à son mari que sa fille "n'est plus une petite fille, maintenant", que "c'est déjà une jeune femme" ?

« Papa n'était pas là, pourtant. Il était en vadrouille je ne sais où avec sa propre "jeune femme" et, pour l'heure, j'étais bien le cadet de ses soucis.

Je n'avais pas achevé ma phrase que je sentais déjà ma gorge se serrer et ce poids oppressant dans ma poitrine devenir de plus en plus lourd. Tous les regards étaient rivés sur moi avec plein de pitié dans les prunelles. Je détestais ça. J'ai détourné les yeux, en me mordant la lèvre presque jusqu'au sang et j'ai fait volte-face, la rage au cœur.

— Ce soir-là, Charles Allen portait un blazer et un jean. Il était plus séduisant que jamais. Ma mère s'est bien sûr arrangée pour se trouver près de la porte quand il a sonné. Je me souviens d'avoir songé qu'elle aurait tout aussi bien pu y aller au marteau pour assener ses commentaires :

« "Oh ! quel beau couple vous formez, tous les deux ! s'est-elle écriée. Vous êtes magnifique, Charlie. Et regardez Misty ! Elle resplendit. Ne dirait-on pas quelque fleur rare qui s'épanouit ? Elle me rappelle tellement moi à son âge. Mais c'est ce qu'une fille est censée faire pour sa mère, n'est-ce pas : lui faire revivre sa jeunesse ?

« "Amusez-vous bien !" a-t-elle ajouté, avec un geste de la main qui ressemblait à une bénédiction.

« J'ai pratiquement traîné Charles Allen hors de la maison en prenant la fuite vers sa voiture.

« "Vite ! lui ai-je dit, en claquant la portière. Démarre avant qu'elle ne trouve autre chose pour nous retenir."

« Il a ri et il a enfoncé l'accélérateur au plancher. Nous sommes partis sur les chapeaux de roues et j'ai eu l'impression que, pour moi, une nouvelle vie commençait.

« Ni Charles Allen ni moi n'avons aimé le film. Nous avons quitté la salle avant la fin pour nous rendre directement dans une pizzeria. Quand la serveuse nous a apporté nos Coca, Charles Allen a fait quelque chose qui m'a stupéfiée : il a tiré une petite fiasque de métal de la poche intérieure de son blazer en me chuchotant à l'oreille que c'était du rhum. Il en a versé un petit peu dans mon Coca et beaucoup dans le sien. De sa part, ça m'a vraiment choquée. Lui qui était tellement à cheval sur les principes, je n'aurais jamais imaginé qu'il puisse faire une chose pareille, surtout en public, au beau milieu d'un restaurant.

« Je ne raffolais pas du rhum. J'en avais déjà bu dans des fêtes, je veux dire, et j'avais toujours prétendu préférer le gin – quoique, pour moi, ça avait plutôt un goût de médicament –, mais, dans le Coca, ça passait. Je ne pense pas que ça ait eu le moindre effet sur moi. En tout cas, je ne m'en suis pas aperçue.

« Après le dîner, il a proposé que nous allions chez lui. Il a dit que les domestiques avaient quartier libre, ce soir-là, et que nous pourrions écouter de la musique et discuter sans avoir à nous préoccuper de déranger qui que ce soit.

« Il n'était pas très tard et j'ai accepté.

— Pas sorcier de deviner ce qu'il avait derrière la tête, persifla Star.

Je me suis tournée vers elle d'un bloc.

— Je n'y allais pas du tout pour ça ! lui ai-je aussitôt rétorqué.

— Ben voyons, railla-t-elle, en levant les yeux au plafond.

— Non, c'est vrai, ai-je insisté. Et j'avais bien l'intention de le lui dire. Je voulais juste qu'on apprenne à se connaître un peu mieux et peut-être à... à s'aimer.

Elle n'aurait pas pu paraître plus sceptique. J'ai renoncé à la convaincre et j'ai poursuivi :

— Quand nous sommes arrivés chez lui, la maison était aussi vide et silencieuse qu'il me l'avait annoncé. Nous sommes allés dans le "salon de musique" et il a mis un CD. Puis il a ouvert le bar de ses parents et il nous a servi un deuxième rhum-Coca.

« Il y avait un système de contrôle infrarouge dans les accoudoirs du canapé qui permettait de régler l'intensité lumineuse des lampes et le volume de la musique.

« "Mon père possède des cassettes de films X. Je sais où il les cache. Veux-tu en visionner une ?" me demanda-t-il.

« Je me suis empressée de refuser.

« Il n'a pas eu l'air déçu. Au contraire, il a hoché la tête avec un petit sourire satisfait, comme si je venais de réussir une sorte de test.

« "Parfait, a-t-il dit. Je savais bien que tu étais plus mûre qu'il n'y paraît." Je crois que ça a dû me flatter et peut-être que ça m'a également rendue moins vigilante sur ce qui se passait. J'ai dû boire mon rhum-Coca un peu trop vite aussi.

« Tout à coup, Charles Allen a posé ses mains sur mes hanches, puis il a commencé à les faire remonter sous mes vêtements et à me caresser.

« J'étais très excitée et un peu effrayée en même temps.

« "Il pourrait venir quelqu'un, lui ai-je dit.

« — Non, m'a-t-il assuré. Tout le monde est sorti pour la soirée. Détends-toi." Et il a commencé à m'embrasser dans le cou. "Hum, tu sens tellement bon", a-t-il murmuré d'une voix suave.

« J'avais déjà préparé mon speech, mais, brusquement, les mots se mélangeaient dans ma tête. Il ne lui a pas fallu longtemps pour m'enlever mon débardeur et mon soutien-gorge. Puis il m'a montré que, cette fois, il était "préparé".

« J'ai vraiment fait de mon mieux pour lui résister. J'ai essayé de le dissuader, mais lui aussi il avait son petit speech tout prêt.

— Oh ! je meurs d'envie de l'entendre ! s'est exclamée Jade, d'un ton sarcastique.

— Il a dit des trucs comme : "Pourquoi nous priver ? Nos parents sont bien partis chacun de leur côté pour se donner du bon temps. Alors, pourquoi ne pas en faire autant?" ou "Que crois-tu donc que ta mère va faire cette nuit? Et que crois-tu que ton père fait? La même chose que le mien, assurément."

— Alors, tu t'es laissé faire, a conclu Star.

— C'est arrivé si vite. Nous étions nus tous les deux et il a commencé. Je me souviens que je tremblais. Je tremblais même si fort qu'il s'en est aperçu. J'entends encore son rire. Mais moi j'étais vraiment terrorisée. J'avais tellement peur de souffrir. Bien entendu, comme c'était ma première fois, j'ai eu un peu mal et je me suis tellement concentrée sur cette douleur que je n'ai pas éprouvé le moindre plaisir. Je ne pense pas que ça ait été très différent pour lui, d'ailleurs. Ça s'est passé si rapidement! Comme une corvée qu'on ne peut pas éviter et dont on doit se débarrasser au plus vite.

« C'est alors qu'il s'est mis à m'accabler de reproches. Je n'avais vraiment pas besoin de ça à ce moment-là. Au contraire, j'avais besoin de tendresse et de compréhension. Et le voilà qui me rabaisse et qui me ridiculise, en raillant mon inexpérience. Alors je me suis rebellée et je lui ai dit que je ne le savais pas si expérimenté que ça, surtout, que, à ma connaissance, il n'était jamais allé avec une fille et que son histoire de flirt avec une étudiante en faculté était montée de toutes pièces.

— Je parie que je sais où il a prétendu avoir acquis son expérience, intervint Star.

— Où donc? lui demanda Jade.

— Sur le trottoir, répondit-elle, en quêtant mon assentiment du regard. Est-ce que je me trompe?

J'ai secoué la tête.

— Il a fréquenté des prostituées? s'est écriée Jade, scandalisée.

J'ai acquiescé.

— Et il s'en est vanté.

— Beurk! Comment as-tu pu continuer à sortir avec lui?

— Oh! ça n'a pas duré très longtemps après ça.

— Comment ça?

J'ai fermé les paupières, le temps de prendre une profonde inspiration et j'ai rouvert les yeux.

— Quand je suis rentrée chez moi, ce soir-là, je n'étais pas très fière de moi. Je me sentais... sale. J'ai pris un bain. La maison était vide. Maman n'était pas encore revenue. Je n'avais personne à qui parler. J'avais juste besoin de parler. J'ai appelé papa. Je n'avais bien sûr pas l'intention de lui raconter ce que je venais de faire. Je voulais juste entendre sa voix. Il n'était pas très tard, mais tout ce que j'ai eu c'est l'enregistrement de sa voix sur son répondeur et je n'ai pas laissé de message.

« J'ai pleuré à torrents cette nuit-là. Je me sentais si seule, plus seule et plus perdue que je ne l'avais jamais été.

— Mais n'avais-tu pas des amies que tu aurais pu appeler ? me demanda Jade.

— Je m'étais peu à peu éloignée d'elles et, de toute façon, je n'en connaissais aucune qui soit assez mûre pour que je puisse discuter de ça avec elle. Maman est rentrée très tard dans la nuit. Je dormais, mais je me suis réveillée en entendant ses pas dans l'escalier. Je l'ai entendue aussi quand elle a ouvert la porte de ma chambre, mais j'ai fait mine de dormir. Elle a refermé la porte et je me suis effectivement rendormie.

« Le lendemain matin, c'était comme si j'avais été grièvement blessée et qu'une grosse croûte s'était formée, me recouvrant comme une espèce de gangue dans laquelle j'étais enfermée. Je crois que si Charles Allen et moi avions vraiment pris le temps de nous connaître, de nous apprécier et peut-être d'être vraiment tombés amoureux l'un de l'autre, ça se serait passé différemment. Mais je ne cessais de repenser à la façon dont il m'avait fait boire avant de me toucher et j'avais la sensation d'avoir été utilisée comme... comme une prostituée. Ce n'est pas facile de conserver le respect de soi-même quand on est assez bête pour laisser des choses comme ça arriver.

Je me suis interrompue pour adresser un regard reconnaissant au Dr Marlowe et je lui ai souri.

— Je n'aurais sans doute pas réussi à prendre conscience de tout ça sans l'aide du Dr Marlowe.

Les autres filles ont eu l'air de parfaitement savoir ce dont je voulais parler.

— Maman a dormi très tard, ce matin-là. Je me suis fait mon petit déjeuner et je suis allée m'allonger sur un transat au bord de la piscine. Il faisait très beau, plus chaud que d'habitude. Je savais que maman ne se lèverait pas avant un bon moment : quand elle rentrait tard, elle devait "récupérer" plus longtemps pour protéger "son teint de jeune fille" et dormait avec un masque spécial pour éviter les poches sous les yeux.

« Comme je m'ennuyais, je suis allée acheter le journal du dimanche au bout de la rue et je suis retournée à ma place pour jeter un coup d'œil aux pages magazine. En feuilletant le journal, je suis tombée sur le carnet mondain. Je ne lis jamais ce genre de potins et j'ai bien failli rater l'article. Je m'apprêtais d'ailleurs à tourner la page quand le mot "Fitch" a retenu mon attention. Je me suis redressée et j'ai plié le journal pour lire la légende sous la photo. J'avais immédiatement reconnu la mère de Charles Allen, évidemment.

« Son père était également photographié. Ils avaient assisté à un grand gala de charité et ils étaient cités comme faisant partie des couples les plus brillants de la soirée. C'était là qu'ils se trouvaient la nuit précédente.

« Mais quelque chose me chiffonnait : est-ce que les couples divorcés continuaient à s'afficher ensemble dans les soirées, chez les gens riches ?

« J'ai ressenti comme un petit filet d'eau glacée qui me dégoulinait dans le dos. Je me suis levée et je suis rentrée à la maison, la peur au ventre. J'étais dans un état second, comme un automate. Je ne savais pas quoi faire, mais, soudain, une idée m'a traversé l'esprit et je l'ai immédiatement mise à exécution : j'ai appelé chez Charles Allen et, quand le majordome a répondu, j'ai demandé M. Benjamin Harrison Jackson Fitch.

« Le majordome a demandé de la part de qui. J'ai répondu : "De la part d'une vieille camarade de lycée."

« Il m'a dit d'attendre un instant et j'ai cru que mon cœur allait s'arrêter. Quelques minutes plus tard, j'ai entendu le père de Charles Allen dire "Allô" et j'ai raccroché.

— Ses parents étaient encore ensemble ? s'écria Jade, stupéfaite. Ils n'étaient pas divorcés ?

J'ai secoué la tête.

— Le salaud ! souffla Star.

Cathy opina avec conviction.

— L'as-tu mis en face de ses responsabilités ? s'enquit Jade.

— Le jour même.

— Et qu'est-ce qu'il a dit ?

— Il a prétendu qu'ils s'étaient réconciliés. Je lui ai alors fait remarquer que, la veille encore, il m'avait parlé de leur divorce et je lui ai répété les choses qu'il m'avait dites juste avant que nous ne fassions l'amour.

— Et alors ? s'impatienta Star.

Elle s'était penchée en avant, les poings fermés, comme si elle était prête à me suivre sur-le-champ chez Charles Allen pour lui administrer la correction de sa vie.

— Alors il a marqué un temps, puis il a dit : "Qu'est-ce que cela pourrait bien changer, maintenant, de toute façon ?

« — Si tu ne le sais pas, lui ai-je répondu, alors je te plains encore plus que je ne me plains moi-même." Et j'ai raccroché.

« Je ne lui ai plus jamais parlé après ça.

J'ai jeté un coup d'œil au Dr Marlowe et son regard m'a autorisée à dire ce que j'avais sur le cœur.

— Mais vous savez quoi ? ai-je repris, en me retournant vers les autres. Je ne lui en veux pas autant que j'en veux à mes parents.

— Pourquoi ? s'étonna Star.

— Parce que ce sont eux qui l'ont mise dans cette situation, a répondu Jade, le regard perçant de ses yeux verts rivé au mien. Ils l'ont abandonnée, désemparée, seule et vulnérable, pour reprendre l'expression même de Charles Allen.

— Oui, a chuchoté Cathy, plus fort qu'elle ne semblait s'en rendre compte.

Nous nous sommes toutes tournées vers elle, stupéfaites.

— Oui, c'est exactement ça, a-t-elle insisté.

Nous avons toutes observé le plus profond silence, chacune absorbée dans ses propres pensées, chacune revoyant ses propres images défiler sur son écran secret.

— Que diriez-vous si nous continuions ? demanda tout à coup le Dr Marlowe. Nous pourrions faire une petite pause, aller déjeuner, nous promener autour de la maison pour prendre l'air et recommencer la séance pour une heure ou deux.

— C'est à Misty de décider, répondit Jade, avec un ton plein de compassion.

— Ouais, approuva Star.

Cathy hocha la tête.

— Oh ! moi, ça va, me suis-je empressée d'affirmer.

Mais ça n'allait pas. Ça n'allait même pas du tout.

Peut-être que plus jamais ça n'irait bien, pour moi.

Mais, au moins, il y aurait, autour de moi, des gens qui sauraient pourquoi.

6

La brise nous chatouillait les narines de ses parfums printaniers. Maintenant que nous étions dehors, retourner à l'intérieur nous paraissait plus difficile encore, surtout pour ce que nous allions y faire: revivre en public nos cauchemars privés. Bras croisés, tête basse, les épaules légèrement voûtées, le Dr Marlowe marchait devant moi. Je me disais, en la regardant, que ma mère aurait vivement critiqué sa façon de se tenir. Nous la suivions toutes les quatre à quelques mètres de distance, pas vraiment ensemble, mais pas vraiment séparées non plus. Cathy était la dernière. Elle avançait à petits pas prudents, lorgnant craintivement vers nous. Dans un va-et-vient incessant, ses yeux passaient de l'une à l'autre: de Jade à Star, de Star à moi et inversement.

— Mon jardinier m'a dit que j'allais devoir arracher tous mes lauriers-roses, annonça le Dr Marlowe, en s'arrêtant pour désigner du menton les massifs plantés derrière sa maison. Une mystérieuse maladie se serait propagée de pied en pied jusqu'à tous les contaminer. Il voudrait les remplacer par de nouvelles plantes qui fleuriraient cet été.

— Pourquoi il ne les soigne pas, plutôt ? demanda Star.

— Il dit qu'il ne peut pas.

— Changez de jardinier, trancha Jade.

Le Dr Marlowe s'esclaffa.

— Non. Il est très compétent. Cela fait des années, maintenant, qu'il travaille pour moi. Et puis, il est plus facile de remplacer des plantes que de remplacer un bon jardinier.

— Dommage qu'on ne puisse pas en faire autant avec les parents.

Elles se sont toutes tournées vers moi dans un même mouvement d'indignation collective. J'ai haussé les épaules.

— Eh bien oui, ai-je insisté, puisqu'ils ne marchent pas, on n'a qu'à en changer.

— Dans la vie, rien n'est jamais livré avec un bon de garantie, Misty, me sermonna notre psy attitrée. Nous ne pouvons qu'apprendre à gérer la situation telle qu'elle se présente, sans cesser d'aller de l'avant, les yeux tournés vers l'avenir.

— Facile à dire, marmonna Jade, surtout pour les autres.

— Ça, c'est bien vrai ! applaudit Star, en hochant la tête avec conviction.

— Je ne suis pas « les autres », protesta le Dr Marlowe. Je ne suis pas seulement votre thérapeute. Mes parents ont divorcé quand j'étais un peu plus jeune que vous. C'est peut-être ce qui m'a donné l'envie de devenir psychiatre, d'ailleurs... ma propre souffrance...

— Est-ce la raison pour laquelle vous ne vous êtes jamais mariée ? lui demanda Jade.

— Ça, c'est une autre histoire, répondit-elle. Et puis qui est la thérapeute, ici ? C'est moi qui pose les questions. Allez, achevons notre promenade et rentrons.

Jade m'adressa un petit sourire complice auquel je répondis aussitôt.

— Allez, ma vieille ! lança Star, en s'arrêtant pour laisser à Cathy le temps de la rattraper. Ma parole ! tu es encore plus lente que ma grand-mère !

Surprise que Star prenne la peine de l'attendre, Cathy s'empressa d'accélérer le pas pour la rejoindre.

Après un passage obligé par les toilettes – où je me rinçai juste le visage à l'eau froide –, nous avons toutes regagné le cabinet du Dr Marlowe. Toutes, sauf Cathy. Elle mit même tant de temps à revenir que nous commencions à nous demander si elle n'était pas partie.

— Excusez-moi, souffla-t-elle, en reprenant sa place.

— Nous allons tout de suite laisser la parole à Misty pour qu'elle puisse terminer son histoire. Je suis persuadée que vous avez toutes mieux à faire, avec ce beau soleil.

J'ai enchaîné sans plus attendre. Il me tardait d'en finir.

— Je crois que la question qui me revient le plus souvent, ce qui me tracasse le plus, c'est ce que le divorce de mes parents a fait de moi, ce que je suis devenue dans tout ça.

« Avant ce fameux week-end que je devais passer chez mon père, nous avons déjeuné ensemble, lui et moi. C'était un samedi, peu après son départ de la maison. Nous n'avions jamais fait ça avant : déjeuner tous les deux. Sans ma mère, je veux dire. Il m'avait invitée à déjeuner parce qu'un voyage d'affaires imprévu l'obligeait à repousser ma visite dans son nouvel appartement. Plus tard, j'ai découvert qu'il était allé à San Francisco avec sa petite amie, en fait.

« Mais, sur le moment, j'étais plutôt excitée à l'idée d'avoir rendez-vous avec lui dans un grand restaurant de Beverly Hills. Il a envoyé un taxi pour me prendre. Ce qui a déchaîné les foudres maternelles. Ma mère a aussitôt entonné son refrain habituel selon lequel il fallait toujours que mon père fasse endosser aux autres ses propres responsabilités.

« "Pourquoi n'est-il pas venu te chercher lui-même ? fulminait-elle. C'est aujourd'hui samedi : il ne travaille pas, que je sache, et il ne peut pas avoir de rendez-vous d'affaires. Seulement voilà, ce n'est pas très pratique pour lui. Alors, monsieur envoie un taxi. Jeffery Foster, dans toute sa splendeur !

« — Comment peux-tu le haïr à ce point, aujourd'hui, et l'avoir tant aimé, avant ? lui ai-je lancé, agacée qu'elle réussisse encore à me gâcher la joie que je me faisais de revoir mon père.

« — C'est ce que je ne cesse de me demander", m'a-t-elle répondu d'une voix lointaine. Puis elle a ajouté, après un moment de silence songeur : "Je ne voulais tout simplement pas voir la réalité en face, je présume. Je refusais de reconnaître ses faiblesses et ses défauts. Je ne voulais pas admettre que j'avais pu commettre une erreur pareille. Je ne sais pas. J'étais peut-être trop jeune pour me marier, tout simplement, conclut-elle. J'étais une romantique invétérée qui croyait naïvement que, lorsqu'un homme vous dit que vous êtes la femme de sa vie, il le pense sincèrement."

« À force de s'apitoyer sur son sort, elle en serait presque venue aux larmes, si sa sainte horreur des cernes et des poches sous les yeux ne l'en avait empêchée, raillai-je, sarcastique.

« "Ils vous mettent sur un piédestal, poursuivait-elle, un trémolo dans la voix, vous traitent comme une reine... jusqu'à ce que vous les épousiez et que vous viviez auprès d'eux. Alors le piédestal se change en carton bouilli et tous les joyaux de la couronne fondent comme neige au soleil. Ne crois jamais ce que te dit un homme, Misty, quand bien même il serait prêt à le coucher par écrit et à le signer de son sang."

« Rien de tout ça n'avait de sens pour moi – il ne lui a d'ailleurs pas fallu longtemps pour l'oublier elle-même et chercher un autre homme qui lui promette monts et merveilles. Non, à mes yeux, une seule chose importait : si le mariage de mes parents avait été une erreur aussi colossale, qu'en était-il de moi ? Comment pouvais-je être à ma place dans un monde dans lequel j'étais arrivée par erreur ? Comment pouvais-je être quelqu'un de bien puisque j'étais une erreur ? On ne doit pas ressentir les choses autrement quand on est né d'un viol.

Et je lançai un regard à la cantonade pour recueillir un assentiment que je croyais gagné d'avance.

— Tu as déjà rencontré quelqu'un qui est né d'un viol ? m'a demandé Star.

— Non, mais j'imagine.

— Ce n'est pas vraiment pareil.

Elle avait dit ça d'un ton neutre, mais avec, dans les yeux, une gravité qui n'était ni de son âge ni du mien, ni même, peut-être, de celui du Dr Marlowe.

— Oui, mais je comprends ce que Misty veut dire, intervint Jade. J'ai éprouvé la même chose.

Cathy hocha la tête en silence.

J'enchaînai :

— Je sais que ma mère détestait ça, quand je lui posais toutes ces questions qui l'obligeaient à réfléchir objectivement à la situation. Elle refusait de considérer son divorce comme un échec personnel. Elle préférait y voir une chance de commencer une nouvelle vie, de recouvrer sa jeunesse. Elle se faisait un film et, dans son scénario, elle jouait le rôle de la pauvre captive délivrée de ses chaînes, s'échappant enfin de la prison dorée dans laquelle on l'avait cloîtrée pour l'empêcher de s'épanouir et de se révéler dans toute la splendeur de son éblouissante beauté.

« Je doute que vous puissiez me croire, après ce que je vous ai déjà raconté sur elle, dis-je, m'adressant aux autres filles, mais, après son divorce, ma mère est devenue encore plus préoccupée par son apparence qu'avant. Elle passait son temps à se faire les ongles, à tel point que toute la maison empestait le dissolvant. Elle allait chez le coiffeur tous les deux jours et empilait les magazines féminins jusqu'au plafond, les lisant et les relisant pendant des heures entières, décortiquant chaque article pour s'assurer qu'elle était toujours "dans le vent", comme elle dit.

« Elle s'est même mise à parler différemment pour essayer de rajeunir sa voix. Et pas seulement quand Charles Allen était là, mais en permanence. Et moi, pendant ce temps-là, je me disais que, si elle voulait à ce point oublier qu'elle avait jamais été mariée à papa, si elle voulait tellement redevenir jeune et libre, qu'est-ce qu'elle devait ressentir quand elle me regardait ? À ses yeux, je ne pouvais que représenter son échec conjugal, le constant rappel d'un passé qu'elle faisait tout pour effacer.

« Ça m'intéressait donc beaucoup de savoir comment mon père, lui, me voyait. Alors, quand il m'a invitée à déjeuner, j'ai eu du mal à cacher mon impatience. D'autant plus que je n'avais pas eu de conversation avec papa depuis que maman et lui m'avaient annoncé leur intention de divorcer.

« Il n'était pas au restaurant, quand je suis arrivée, et, au bout d'un quart d'heure, j'ai commencé à m'inquiéter. Le garçon me demandait toutes les cinq minutes si je ne voulais pas commander et je ne savais plus trop ce que je devais faire. J'ai bien pensé téléphoner à ma mère, mais ça aurait déclenché une guerre atomique et, comme la famille était déjà en miettes, je n'ai pas jugé utile d'en rajouter. Je me suis donc efforcée de conserver mon calme.

« Quand il m'a enfin rejointe à ma table, mon père m'a priée de l'excuser: il avait été pris dans les embouteillages. Il m'a embrassée – ce qu'il n'avait pas fait depuis bien longtemps – et il s'est assis.

« Ce qui m'a surtout frappée, c'est le changement que j'ai tout de suite perçu dans son allure, dans son attitude. Il avait laissé pousser ses cheveux et portait une tenue bien plus décontractée que d'habitude: lui qui ne sortait jamais sans cravate, il avait troqué le traditionnel ensemble blazer-pantalon-mocassins contre un jogging et des tennis. Il a dû remarquer mon étonnement car il s'est empressé de m'expliquer qu'il sortait de son club de gym.

« "C'est un restaurant que j'adore", a-t-il immédiatement enchaîné, en jetant un coup d'œil circulaire. Puis il a pris le menu et il a ajouté: "Leur cuisine est vraiment excellente.

« — Tu es déjà venu ici avec maman? lui ai-je demandé.

« — Avec ta mère? Non. Non, je ne crois pas." Il a semblé réfléchir un instant, puis il a précisé: "C'est surtout pour mes déjeuners d'affaires que je fréquente cet endroit.

« — Je ne sais pas trop quoi commander, lui ai-je avoué. Tout est si cher."

« Il a éclaté de rire et il a dit qu'il allait commander pour moi. Mais il ne savait pas vraiment ce que j'aimais et, si je n'avais pas pris le deuxième ou troisième qu'il me proposait, je crois bien qu'il m'aurait interrogée sur tous les plats de la carte.

« "Je suppose que je devrais connaître tes goûts, a-t-il reconnu, mais c'est toujours ta mère qui s'est occupée de ce genre de choses et..." Il a laissé sa phrase en suspens pour héler le garçon et passer la commande.

« "Comment ça va, à l'école ? Tu remontes la pente ? m'a-t-il demandé dès que le serveur s'est éloigné.

« — Pas vraiment.

« — Je devrais peut-être songer à te faire donner des cours particuliers..." Il a dit ça d'un ton pensif, comme s'il réfléchissait à haute voix.

« C'est à ce moment-là que j'ai compris. Maman avait raison : papa cherche toujours à se décharger de ses responsabilités.

« Quand le garçon nous a apporté nos entrées, il s'est mis à parler de son travail et de son nouvel appartement et, tout en l'écoutant, je me disais qu'en fait nous étions comme deux personnes qui se connaissent de vue, mais qui ont encore tout à apprendre l'une de l'autre. Et puis je me rendais bien compte qu'il était aussi nerveux que moi.

« Le divorce est une terrible maladie : il détruit les souvenirs et transforme un père et sa fille en parfaits étrangers. Voilà ce que j'ai pensé, en nous voyant nous débattre tous les deux dans notre malaise.

« Nous en étions à peu près à la moitié du repas quand j'ai posé mes couverts pour le regarder droit dans les yeux et lui demander : "Qu'est-ce qui s'est passé, papa ? Pourquoi maman et toi vous vous êtes séparés après avoir vécu tant d'années ensemble ?"

« Il a soudain eu l'air très embarrassé. Il m'avait invitée à déjeuner pour bavarder bien gentiment avant de retourner à sa nouvelle vie, et voilà que je l'obligeais à regarder la réalité en face. Un peu comme vous essayez de le faire avec nous, docteur, ai-je ajouté, en me tournant vers le Dr Marlowe qui a hoché la tête en souriant.

— Tu as raison, Misty. Oui, c'est vrai, mesdemoiselles, a-t-elle renchéri, en embrassant du regard notre petite assemblée. Chacune d'entre vous pratique spontanément la psychothérapie – à son niveau, naturellement.

— Qui sait ? Nous allons peut-être mettre nos pas dans les vôtres, docteur Marlowe, murmura Jade.

Elle avait dit ça avec une sorte d'acidité corrosive dans la voix et j'ai pensé que, sous ses dehors de belle élégante, elle souffrait autant, si ce n'est plus, que moi.

— Il pourrait vous arriver bien pis, riposta notre psy, impassible.

— Il nous est déjà arrivé bien pis, répliqua Jade du tac au tac.

Elles se regardèrent en silence un long moment, puis le Dr Marlowe se tourna de nouveau vers moi et je repris aussitôt mon récit :

— "Tu sais, Misty, me dit mon père, quand on est jeune et amoureux – ou, du moins, quand on croit l'être –, on a parfois tendance à fermer les yeux sur les défauts de celui qu'on aime.

« — C'est exactement ce que dit maman", lui ai-je répondu.

« Sa mâchoire s'est crispée et ses prunelles ont soudain pris un éclat métallique.

« "Ah tiens ! C'est ce qu'elle dit, hein ? Et qu'est-ce qu'elle a à me reprocher, au juste ? Ça j'aimerais bien le savoir ! s'est-il insurgé, élevant la voix. J'ai toujours subvenu à ses besoins, il me semble. Elle n'a jamais manqué de rien. Aussi frivoles qu'aient pu être ses désirs, ils ont toujours été satisfaits, non ?"

« Était-ce la façon dont il était habillé ou le ton qu'il employait ? Toujours est-il que, tout à coup, mon père m'a paru nettement moins mûr que je ne le pensais. C'est alors que tout le respect que j'avais pour lui et pour ma mère m'a subitement abandonnée, comme une savonnette qui m'aurait échappé des mains.

« "Peut-être que tu étais trop occupé par ton travail et que tu ne faisais pas assez attention à elle ? ai-je suggéré.

« — C'est ce qu'elle dit ? m'a-t-il demandé, en se calant contre le dossier de sa chaise, prêt à contre-attaquer.

« — Non. C'est juste une idée qui m'est venue, comme ça.”

« Il m'a dévisagée un long moment, sans doute pour se donner le temps de revoir sa copie, puis il a semblé se calmer et s'est remis à manger.

« “Non, a-t-il enfin répondu, entre deux bouchées. Non, ce n'est pas ça. Je ne l'ai jamais négligée. Si je devais m'absenter, j'appelais. Et, quand je rentrais, je la couvrais littéralement de cadeaux. Et puis, si je n'avais pas passé mon temps à me crever au boulot, elle n'aurait peut-être pas pu jeter l'argent par les fenêtres pour s'acheter tout ce dont elle avait envie.

« “C'est une enfant gâtée, conclut-il. Oh ! j'avoue ma faute : c'est moi qui l'ai trop gâtée. Non, Misty, personne ne peut m'accuser de négligence envers ta mère. En fait, c'est exactement le contraire. Je lui ai consacré trop de temps et trop d'argent. Mais elle a toujours tout considéré comme un dû. Alors, quand je lui ai demandé de prendre un peu de recul, de changer sa façon de voir les choses, elle m'a traité d'égoïste et m'a accusé de ne plus l'aimer.

« — Mais qu'est-ce qu'il y avait de si terrible, là-dedans, papa ? Comment avez-vous pu en arriver là ? Pourquoi avez-vous voulu vous séparer ?” ai-je insisté.

« J'ai cru qu'il n'allait pas me répondre. Il est resté assis là, sans parler, pendant si longtemps ! Il devait se tâter pour savoir s'il fallait me le dire ou pas, j'imagine. Puis il m'a regardée. Son visage était si sévère, ses yeux si sombres ! J'ai cru que mon cœur s'arrêtait.

« “Vois-tu, cela fait très longtemps, maintenant, que ta mère et moi n'avons plus de relations satisfaisantes. Je ne voudrais surtout pas ternir l'image que tu as d'elle. C'est ta mère et elle t'aimera toujours comme telle, j'en suis persuadé, mais, en tant que femme, ce n'est pas une personne très équilibrée. En fait, elle a même un sérieux problème psychologique, un problème qui s'est immiscé jusque dans notre lit.”

« J'ai dû faire une tête épouvantable. J'étais morte d'inquiétude.

« “C’est ce que, en jargon médical, on appelle la dyspareunie fonctionnelle”, m’a-t-il froidement annoncé.

« Je ne pouvais plus respirer. Ça semblait si grave !

« “Qu’est-ce que c’est ? lui ai-je demandé dans un souffle.

« — Chaque fois que nous faisons l’amour – que nous faisions l’amour, devrais-je dire –, elle souffrait de douleurs génitales persistantes. J’ai finalement réussi à la convaincre d’aller consulter son gynécologue, mais il a dit que, d’un point de vue physiologique, il n’y avait rien d’anormal. En d’autres termes, c’était psychologique. Et c’est le nom que l’on donne à ce genre de trouble. J’ai pris le temps d’étudier la question et de chercher comment cela s’appelait pour le lui dire. Mais elle n’a pas voulu m’entendre. Elle a refusé de voir un psychiatre et les choses n’ont fait que s’aggraver.

« “Le mariage ne se limite pas – et ne doit pas se limiter – au sexe, bien sûr, mais cela tient une place importante dans le couple. Tu es assez grande pour comprendre cela, Misty, n’est-ce pas ?”

« Je ne savais pas quoi dire. Il faisait si chaud, tout à coup, et j’avais tant de mal à respirer. J’ai cru que j’allais m’évanouir et lui faire la honte de sa vie dans son restaurant favori.

« “Ça va ?” m’a-t-il demandé, subitement alarmé.

« J’ai hoché la tête et je me suis jetée sur mon verre d’eau que j’ai vidé d’un trait pour faire passer la grosse boule que j’avais dans la gorge.

« “Pourquoi est-elle comme ça ?” ai-je finalement réussi à articuler. Il a secoué la tête. Un rictus crispé a tordu sa bouche et, tout à coup, ses yeux se sont mis à flamboyer de colère.

« “Je ne suis pas psychiatre, a-t-il répondu d’un ton sarcastique, mais, à mon avis, elle était amoureuse de quelqu’un d’autre.

« — Quoi ! Mais de qui donc ?” me suis-je indignée. Maman avait un amant depuis tout ce temps et je ne m’étais rendu compte de rien ! Mais sur quelle planète avais-je donc vécu toutes ces années ?

« “D’elle-même, répondit-il. Si on peut taxer quelqu’un de narcissisme, c’est bien ta mère. Ne t’es-tu jamais demandé pourquoi notre maison était pleine de miroirs ? Il n’y a pas un pan de mur, pas un recoin qui n’ait le sien. Et tu sais pourquoi ? Pour qu’elle puisse vérifier sa coiffure, son maquillage et s’assurer qu’elle n’a pas pris une ride. C’est une véritable obsession chez elle. À ce niveau-là, ça devient franchement pathologique.

« “Mais chaque fois que j’ai essayé de lui dire qu’elle avait besoin de se faire suivre par quelqu’un de compétent, ça l’a mise dans une rage folle.

« — Mais tu lui as été infidèle, papa, lui ai-je fait remarquer. Tu l’as même reconnu devant moi.”

« Je n’avais qu’une seule envie : sauter de ma chaise et partir en courant. Ça me faisait tellement mal de l’entendre débiter de telles horreurs sur maman et ça me fait tellement mal d’entendre maman critiquer papa. Je finis toujours par prendre la défense de celui qui n’est pas là. Nous en avons souvent parlé, n’est-ce pas, docteur Marlowe ? Je me sens obligée de les défendre et, pourtant, j’ai horreur de ça. J’ai horreur de ça !

C’était sorti tout seul, à pleine voix, presque un cri. J’avais chaud et j’étais hors d’haleine, comme si je venais de piquer un sprint. J’ai repris mon souffle. Sur tous les visages se lisait la même compassion. J’avais, une fois de plus, l’impression d’être remontée à bloc, comme une bombe à retardement, et je savais que, tôt ou tard, j’allais finir par exploser.

— “Tu voulais savoir pourquoi ? m’a rétorqué mon père. Eh bien, maintenant, tu le sais. Un homme a des impératifs. C’est physiologique.”

« Il s’est alors mis à faire tourner les morceaux de viande dans son assiette en les poussant avec sa fourchette.

« “Ce n’est pas facile d’être marié à une femme comme celle-là, Misty, je t’assure, a-t-il poursuivi. Quand on lui fait un compliment, ce n’est jamais assez. Et, quand on oublie de la complimenter – sur sa coiffure, sa nouvelle robe, son élégance, sa beauté ou que sais-je encore –, elle vous accuse immédiatement de ne plus l’aimer. J’en étais réduit à me défendre constamment. La vie à la maison était devenue un enfer. À tel point que j'ai commencé à appréhender de rentrer chez moi. J'avais toujours envie de rentrer pour te voir, bien sûr, se reprit-il précipitamment, mais ce n'était pas facile, tu comprends ?

« — Et c'est là que tu as cherché quelqu'un d'autre, ai-je conclu. C'est bien ça ?

« — Tu veux savoir ce que j'ai dit à mon psy ?" m'a-t-il demandé, éludant ma question.

« Je craignais le pire, mais j'ai hoché la tête.

« "Je lui ai dit que, j'avais beau être marié, jamais je ne m'étais senti aussi seul. Il m'a répondu que, vu les circonstances, c'était compréhensible."

« Il est resté silencieux un long moment, puis il a posé sa fourchette, qui a heurté son assiette avec un "clang" sonore, et il a déclaré : "Allez, ne parlons plus de tout cela. Notre séparation lui aura peut-être ouvert les yeux. Peut-être ira-t-elle enfin consulter un spécialiste, maintenant... Parlons plutôt de toi, d'accord ?"

« Comment pouvons-nous parler de moi sans parler de toi et de maman, papa ? Je me situe où, moi, dans tout ça ? Voilà ce que j'ai pensé. Voilà ce que je brûlais de lui dire. Mais j'ai tout gardé pour moi. Il a passé le reste du déjeuner à me promettre tout un tas de choses : qu'il ferait ceci et cela avec moi, qu'il m'emmènerait à tel endroit et à tel autre, etc. C'est marrant, mais jamais il ne m'avait fait de telles promesses quand il vivait encore à la maison. Je me disais que, si nous avions fait quelques-unes de ces choses ensemble, avec maman, nous serions peut-être encore une vraie famille, aujourd'hui. Peut-être que ma mère n'aurait pas tous ces problèmes psychologiques... Je pataugeais complètement, engluée que j'étais dans les sables mouvants du monde adulte. Mieux valait pour moi sortir de là au plus vite.

« Papa m'a reconduite à la maison, mais, pour rien au monde, il n'aurait voulu y mettre les pieds, naturellement. Dans le fond, ça m'arrangeait bien, parce que je n'aurais pas voulu qu'il puisse se rendre compte du nombre de choses qui lui avaient appartenu ou qui, d'une façon ou d'une autre, évoquaient sa présence, et dont maman s'était déjà débarrassée. Nous nous sommes donné rendez-vous quinze jours plus tard pour qu'il vienne me chercher et m'emmène passer le week-end chez lui, puis il est parti. Je n'ai pas pu m'empêcher de penser que ça avait quand même dû lui faire drôle de se garer devant la maison dans laquelle il avait vécu tant d'années et de devoir se comporter comme si c'était celle de quelqu'un d'autre.

« Vous voyez ces ardoises magiques ? ai-je demandé, en interrogeant du regard chacune de mes voisines. On écrit dessus et, quand on fait passer le bandeau de plastique, tout disparaît.

Elles ont toutes hoché la tête.

— Eh bien, dans mon esprit, c'était comme ça que je voyais la mémoire de mon père : il avait tout effacé.

J'ai poussé un profond soupir et j'ai poursuivi :

— Je n'avais pas franchi le seuil que ma mère fondait sur moi comme un rapace. On aurait dit qu'elle s'était embusquée derrière la porte pour m'entendre arriver. Elle était là, dans l'entrée, les poings sur les hanches, les pupilles dilatées, les narines palpitantes, un rictus cynique aux lèvres.

« "Alors ? a-t-elle aussitôt claironné. Comment s'est passé ce déjeuner en amoureux avec ton petit papa chéri ? S'est-il seulement donné la peine de venir ?

« — Il est arrivé en retard, mais il était là, ai-je répondu.

« — En retard ? Évidemment, c'est signé ! Et... est-ce qu'il était seul ? enchaîna-t-elle. Ou a-t-il eu l'impudence d'amener sa petite amie ?

« — Il était seul."

« J'aurais voulu lui échapper, monter les escaliers quatre à quatre et m'enfermer dans ma chambre en claquant la porte si fort que plus jamais personne n'aurait pu l'ouvrir. Mais elle a pratiquement bondi pour me barrer le passage.

« "Qu'est-ce qu'il a dit sur moi ?" m'a-t-elle demandé.

« Tel un fil tendu à se rompre qui menace à tout moment de se briser, j'avais l'impression d'être écartelée entre eux, chacun tirant de toutes ses forces de son côté.

« "Rien, lui ai-je répondu. Il a seulement parlé de son travail et des choses qu'il espérait pouvoir faire avec moi."

« Maman s'est alors mise à me dévisager. Ses yeux se sont soudain rétrécis jusqu'à devenir deux fentes dans lesquelles luisait une flagrante suspicion.

« "Il a réussi à te faire mentir pour se couvrir", a-t-elle craché, comme un serpent crache son venin.

« Je n'ai jamais été très douée pour le mensonge – rien de comparable avec Charles Allen, par exemple – et personne ne le sait mieux que ma mère, mais je voulais à tout prix éviter une scène.

« "Non, me suis-je écriée. Non, ce n'est pas vrai !"

« Son méchant petit sourire a réapparu et elle a secoué la tête d'un air sceptique. Dans ses yeux mi-clos luisait un terrible regard accusateur. C'est alors qu'elle s'est mise à rire, d'un rire suraigu, crissant comme du verre brisé.

« "Les filles préfèrent leur père, c'est bien connu, a-t-elle affirmé. Toutes mes amies me le disent. Cela a quelque chose à voir avec le sexe."

« Je n'avais pas la moindre idée de ce qu'elle entendait par là, mais ça m'a paru dégoûtant.

« "Je ne prends pas son parti ! ai-je hurlé. Je ne prends le parti de personne ! Vous pouvez même vous entre-tuer, si ça vous amuse, pour ce que j'en ai à faire !"

« Et j'ai couru vers l'escalier avant qu'elle n'ait le temps de se mettre en travers de mon chemin. Je suis montée dans ma chambre, j'ai claqué ma porte et je me suis enfermée à double tour. Et puis je me suis enfouie sous mes couvertures pour essayer d'étouffer ces maudits parasites. Mais on ne pouvait pas l'arrêter. Elle m'a poursuivie et, collant sa bouche contre ma porte, elle a continué à vociférer :

« "Tu passes quelques heures avec ton père et voilà le résultat ! Je ne préfère même pas imaginer ce que ce sera quand tu iras dans son antre de perdition passer le week-end ! Il va essayer de te monter contre moi. Il t'a dit des choses épouvantables sur moi, j'en suis sûre. Tu n'as pas besoin de me les répéter. Je connais son refrain par cœur.

Il me rend responsable de tout. Il est comme ça. Il faut toujours qu'il fasse retomber ses propres fautes sur le dos des autres. J'aurais préféré que tu ignores tout des faiblesses de ton père, de sa lâcheté et de sa mesquinerie. Ce n'est pas bien pour une fille de savoir cela. Mais, cette fois, tu as pu t'en rendre compte par toi-même."

« Et elle s'est mise à pleurnicher et à se lamenter sur la situation désespérée dans laquelle elle se trouvait.

« "Je lui ai donné les plus belles années de ma vie, geignait-elle. Et, maintenant, il me met au rebut. C'est tellement plus facile pour un homme : il peut toujours trouver une jolie petite tête de linotte pour partager sa couche. Mais une femme doit se montrer prudente si elle veut conserver l'espoir de rencontrer quelqu'un de bien : un homme honnête et responsable. Hélas ! quelles chances peut-on avoir de dénicher un tel oiseau rare dans le monde individualiste dans lequel nous vivons aujourd'hui ? Elles sont bien minces, je peux te l'assurer. C'est humiliant de se retrouver dans une position aussi dégradante. Je souhaite seulement que tu ne connaisses jamais cela. Tu n'as qu'à voir ce qu'il m'a fait ! Comment peux-tu encore vouloir prendre sa défense ?"

« J'avais beau plaquer les mains sur mes oreilles pour ne plus l'entendre, elle n'en finissait pas de larmoyer ; jusqu'à ce que, à bout de nerfs, je craque complètement et que je me remette à hurler. J'ignore combien de temps j'ai crié comme ça. Tout ce que je sais, c'est qu'après j'avais la gorge en feu. Quand je me suis tue, le silence avait envahi la maison : elle était partie.

« Je ne suis pas descendue dîner, ce soir-là, et elle est venue se planter exprès devant ma porte pour me le reprocher. Mais, comme je ne réagissais pas, elle a tout de même fini par se lasser et elle est retournée à sa chère télé.

« Le lendemain matin, tout était redevenu normal, comme s'il ne s'était rien passé. Ma mère était tout sourires, gazouillant gaiement sur ces nouvelles crèmes miraculeuses que ses amies avaient découvertes et sur ce shampooing qui serait "tellement mieux pour tes cheveux, ma chérie"... Des bulles, voilà ce que j'ai pensé. Nos vies sont comme des bulles de savon : un vide entouré d'une fragile enveloppe qui éclate pour se fondre dans le néant.

« Quinze jours plus tard, papa tenait parole et m'invitait dans son nouvel appartement. Maman était déjà totalement accaparée par son nouveau rôle, celui de la femme trompée qui renaît de ses cendres pour assumer avec courage son indépendance toute neuve. Elle était constamment avec ses “copines”, des femmes divorcées, comme elle, qui, elles aussi, jouaient aux fléchettes avec leurs maris, les prenant pour cible de leur hargne et de leur mépris. Elle était tellement occupée qu'à ma grande surprise elle m'a épargné les commentaires acerbes auxquels je m'attendais à la veille de ma première visite chez mon père.

« J'étais impatiente de le revoir, mais j'étais aussi très nerveuse à l'idée d'aller chez lui, d'autant plus qu'il m'avait annoncé au téléphone que j'allais “rencontrer une de ses amies”... Pas la peine de vous faire un dessin : sa nouvelle conquête serait là aussi. J'ai failli refuser d'y aller.

« “Pourquoi est-ce qu'on ne pourrait pas passer un week-end tous les deux, d'abord ?” ai-je objecté.

« Mais, bien évidemment, il avait déjà son explication de chef de famille toute prête : plus vite je m'adapterais à la nouvelle situation, mieux ce serait pour tout le monde, y compris pour moi.

« “Je ne te demanderais pas ça si je n'étais pas persuadé que tu possèdes la maturité nécessaire, Misty”, m'a-t-il dit.

« Le coup classique de l'inversion des rôles. C'est bien ça, docteur Marlowe ?

Notre chère thérapeute n'estima pas nécessaire de me répondre.

— Un bon psy n'a pas à porter de jugement à la place de ses patients, ai-je alors rappelé à mes condisciples.

Une lueur espiègle s'est mise à danser joyeusement dans les prunelles de Jade. Cathy s'est agitée sur son siège, en coulant un regard craintif vers le Dr Marlowe.

Quant à Star, vu son expression blasée, elle semblait se moquer éperdument de ce que Mlle Marlowe, psychiatre de son état, pouvait bien faire ou pas.

Ah ! le beau ramassis d'éclopées que voilà ! pensais-je. Ce n'étaient peut-être pas nos parents, mais bel et bien nous qui ressemblions aux lauriers malades du Dr Marlowe, finalement : nos racines étaient pourries et nos fleurs se fanaient.

Quel jardin voudrait de nous, maintenant ? Comment pourrions-nous bien nous faire aimer ?

Nous qui ne nous aimions déjà pas nous-mêmes.

7

— Papa a raison : c'est vrai que maman est complètement obsédée par sa ligne, ses rides et tout ça, mais je serais vraiment de mauvaise foi si je prétendais que ce n'est pas une très belle femme. Je me dis même parfois que, si, séduisante comme elle l'est, ma mère a autant de problèmes avec les hommes, alors qu'est-ce que ce sera pour moi ! Est-ce que je serai toujours condamnée à fréquenter des Charles Allen : des hommes qui s'empresseront de déceler mes points faibles pour mieux profiter de moi ?

« Après tout, est-ce que ce n'était pas précisément ce que papa faisait avec Ariel ? Pas besoin d'avoir inventé la poudre pour comprendre que, pour un homme de son âge, c'était plutôt rassurant d'avoir une petite amie aussi jolie et aussi jeune : ça flattait son ego. Et puis, comme, en plus, Ariel semblait très amoureuse, ça le déculpabilisait : si, contrairement à sa femme, il trouvait si rapidement une remplaçante, c'était probablement que la faute ne venait pas de lui. Logique, non ?

« En tout cas, cette analyse m'a valu les félicitations du jury, n'est-ce pas, docteur Marlowe ?

— Vous êtes toutes des jeunes femmes vives et intelligentes, répondit-elle, avec un regard appuyé pour Cathy et en insistant bien sur le mot « toutes ». Ce qui est arrivé à vos parents ne justifie en rien que vous éprouviez un quelconque sentiment d'inadéquation ou de honte.

— Ben voyons, maugréa Star, en détournant la tête d'un air dégoûté. C'est vrai ça, qu'est-ce qu'on a comme chance, tout de même!

Je me suis empressée d'enchaîner:

— Papa est venu me chercher, cette fois. Et Ariel n'était pas dans la voiture. Elle nous attendait à l'appartement où elle était censée préparer le dîner: un repas "chinois" qu'elle s'était fait livrer, en fait. Sa recette préférée, sans doute.

« Je me rendais bien compte que papa était très nerveux: il appréhendait ma réaction, quand il me présenterait Ariel. Il a donc voulu me déstabiliser un peu, je suppose, et il a commencé à me mettre la pression:

« "Ariel est très anxieuse à l'idée de te rencontrer, m'a-t-il dit. Elle sait que personne ne peut remplacer ta mère – ce que je ne cherche absolument pas à faire, d'ailleurs, a-t-il précipitamment ajouté. Ce que je veux dire, c'est qu'il ne faudrait pas que tu veuilles faire de comparaison: ce sont deux femmes très différentes.

« — Ce n'est pas Ariel que je viens voir, papa, lui ai-je rétorqué. C'est toi.

« — Je sais, je sais, a-t-il grommelé. Mais Ariel est plus ou moins ma compagne, maintenant, en quelque sorte, et... Je veux seulement que tout le monde s'entende bien, tu comprends?

« — Ta... *compagne*?" J'ai failli éclater de rire. "Parce que c'est comme ça que ça s'appelle, maintenant?

« — Ah! pas d'insolence, Misty, s'il te plaît!" m'a-t-il reprise, d'une voix sèche.

« Avant le divorce de mes parents, je n'aurais jamais imaginé répondre à mon père quand il me disputait, quand il me donnait un ordre ou quand il grognait comme un ours parce qu'il était de mauvaise humeur. Mais, quand je le regardais tel qu'il était là, avec sa tenue de jogger du dimanche, affolé à l'idée que je puisse agresser sa petite amie de vingt ans plus jeune que lui, j'avais du mal à le voir du même œil. Je crois que je ne le respectais plus autant. Une chose est sûre, c'est qu'il ne me faisait plus peur, en tout cas. Il se démenait tellement pour essayer de me gagner à sa cause. Ça crevait les yeux. Ce qu'il craignait plus que tout, c'était que je lui demande de me ramener à la maison.

« "Ariel a tenu à ce que nous renouvelions toute la literie pour toi. Elle s'est donné beaucoup de mal pour redécorer la chambre d'ami. Elle voudrait tellement que tu t'y sentes bien ! C'est elle qui a fait mettre la télévision, parce qu'elle dit que les adolescents aiment avoir leur propre poste dans leur chambre. Et puis elle a fait les grands magasins pour t'acheter tout un tas de bricoles qu'elle a mis dans ta salle de bains : miroir grossissant, sèche-cheveux, fer à friser, shampooing, après-shampooing, sels de bains... tous ces trucs de femme auxquels je n'aurais jamais pensé.

« "Et elle a fait ça toute seule, rien que pour toi ! Promis, juré, a-t-il ajouté, en allant même jusqu'à lever la main droite.

« "Elle est un peu jeune, je le reconnais. Mais elle n'est pas compliquée et elle me fait du bien. C'est exactement ce dont j'ai besoin, en ce moment. Ce n'est pas aussi facile que tu le crois, pour moi, Misty. Je ne m'attendais certainement pas que ça se termine comme ça, crois-moi. Je n'étais vraiment pas parti pour ça."

« Peut-être bien, ai-je pensé, mais ça s'est terminé comme ça et ce n'est pas facile pour moi non plus. Mais je n'ai rien dit et nous n'avons plus parlé d'Ariel de tout le trajet.

« L'appartement de mon père était ce qu'on peut appeler "un très bel appartement". Il était beaucoup plus vaste que je ne l'avais imaginé et, comme il était situé au dernier étage, il offrait une vue imprenable sur toute la partie ouest de la ville et sur l'océan. Les baies vitrées du salon donnaient sur un balcon assez grand pour qu'on puisse y installer deux chaises longues et une petite table ronde avec des chaises.

« "On est là !" cria papa, en arrivant. Ariel sortit aussitôt de la cuisine.

« Ma première réaction, en la voyant, ça a été de me demander si papa ne me faisait pas une blague. Ça ne pouvait pas être Ariel ; ça devait être sa fille : elle semblait à peine plus âgée que moi ! Oh ! elle est jolie, je ne peux pas dire le contraire. Elle a ces cheveux couleur de miel, souples et brillants, qui lui arrivent aux épaules et ce teint de pêche légèrement hâlé, si parfait qu'elle semble toujours sortir d'une séance de photos pour une pub de cosmétique. Et, dès le départ, j'ai détesté son sourire, un sourire si désarmant, si doux, qu'on ferait n'importe quoi rien que pour le voir réapparaître : le soleil après la pluie. Ça ne me simplifiait pas la tâche, moi qui avais décidé de jouer les cœurs de pierre avec elle.

« Elle était vêtue d'un sweat-shirt basique, noir, en V, et d'une jupe sexy en dentelle turquoise. Elle ne portait manifestement pas de soutien-gorge, mais elle avait une poitrine haut perchée et une taille aussi fine que la mienne. Elle avait aussi ce petit bouquet de minuscules taches de rousseur dans la profondeur du décolleté, là, juste à la naissance des seins.

« "Bonjour ! lança-t-elle d'une voix chantante, en se précipitant vers moi, main tendue. Ariel. Je suis si contente de pouvoir enfin te rencontrer !"

« *Enfin ?* C'est à ce moment-là que je me suis demandé s'ils n'étaient pas ensemble depuis bien plus longtemps que je ne l'avais d'abord pensé. Un vent de panique s'est soudain mis à souffler dans ma tête. Je me sentais assaillie de doutes, ballottée dans un tourbillon d'indécision : est-ce que je devais lui sourire ? Est-ce que je devais, au contraire, me montrer froide et distante ?

« Il y avait pourtant encore plus de peur et d'anxiété dans son regard bleu que dans le mien et l'idée m'est venue que, dans cette histoire, elle était peut-être tout aussi innocente que moi : victime des circonstances, en quelque sorte.

« Mais je ne voulais pas la voir comme ça. Je voulais la voir comme une espèce d'aventurière, une femme qui ne cherchait qu'à profiter de mon père au moment où il était le plus faible, qui lui chuchotait des horreurs sur ma mère, qui le flattait à longueur de temps pour mieux le séduire, mais qui, en réalité, n'en avait qu'après son argent. Mais, rien qu'à voir la façon dont elle le regardait, dont elle lui parlait, il était évident qu'elle le mettait sur un piédestal.

« "Bonjour, ai-je répondu, d'un ton parfaitement neutre, comme si j'avais perdu la faculté d'éprouver quoi que ce soit, aussi bien dans un sens que dans l'autre.

« — Bon, a dit papa. Maintenant qu'elle est là, montre-lui donc sa chambre.

« — Oh oui !" s'enthousiasma sur-le-champ Ariel, en s'effaçant pour laisser papa passer avec ma petite valise. Il traversa le salon pour rejoindre un corridor sur lequel donnaient cinq portes. Il y avait deux chambres côte à côte : la "mienne" était la dernière, en face de "ma" salle de bains qui se trouvait de l'autre côté du couloir, alors que la sienne communiquait directement avec sa salle de bains.

« Quand papa a ouvert la porte, imaginez ma surprise en découvrant quasiment la copie conforme de ma propre chambre, à la maison : les rideaux avaient été coupés dans le même tissu de coton blanc ; le couvre-lit était exactement du même rose et les posters punaisés aux murs étaient ceux de mes groupes préférés.

« Je me suis tournée vers mon père, ahurie. Il a éclaté de rire.

« "Mon rôle s'est limité à fournir une photo, m'a-t-il expliqué. Un après-midi, pendant que tu étais à l'école et que Gloria était chez son coach, je suis allé à la maison et j'ai photographié ta chambre.

« — Gloria ?" ai-je murmuré. Papa avait apparemment du mal à parler de maman devant Ariel.

« "Nous voulions juste que tu te sentes ici comme chez toi, a-t-il renchéri. Mais c'est vraiment Ariel qui a eu l'idée."

« À voir le petit sourire crispé de l'intéressée, je n'en ai pas cru un mot.

« "C'est… C'est très bien", ai-je vaguement bredouillé. Et c'est alors que j'ai eu droit à cette ridicule visite guidée, Ariel allant même jusqu'à ouvrir la penderie pour me montrer les cintres et chacun des tiroirs vides. Puis elle m'a escortée jusqu'à la salle de bains pour me dresser la liste de tout ce qu'elle m'avait acheté avec l'argent de papa.

« "Surtout n'hésite pas à me le dire, s'il te manque quelque chose", a-t-elle conclu.

« Oh ! je mourais d'envie de le lui dire. "Oui, oui, il me manque effectivement quelque chose, lui aurais-je répondu, une toute petite chose : une vie normale. Tu sais ce que c'est, Ariel ? Une vie normale, c'est avoir ses parents à la maison, prêts à t'écouter et à t'aider, si tu en as besoin ; des parents qui forment des projets pour toi ; des parents qui se consultent pour te donner les meilleurs conseils ; des parents qui mangent ensemble, qui rient ensemble, qui discutent ensemble, qui parlent des gens de la famille, de souvenirs, d'amis communs, qui prévoient des fêtes, des anniversaires, des vacances ensemble ; des parents qui se tiennent côte à côte quand tu pars au lycée, ou qui t'accompagnent, même, et qui te disent 'au revoir' en se tenant par la main, le regard plein de fierté, avant de repartir bras dessus, bras dessous, avec le sentiment d'avoir fait quelque chose de leur vie et en rêvant à ton mariage et à leurs futurs petits-enfants. J'ai besoin de souvenirs, Ariel. J'ai besoin d'albums remplis de photos de famille, de photos de vacances en famille, de photos de parents émus à la remise du diplôme de fin d'études... Tu n'aurais pas ça qui traînerait dans ta poche, Ariel, par hasard ?"

« Voilà ce que j'avais envie de lui dire. Mais je me suis contentée de serrer les dents et de secouer la tête, en ravalant mon dépit et ma rage.

« "J'espère que tu aimes ce que j'ai commandé pour dîner, a-t-elle enchaîné. Je leur ai demandé de mettre un exemplaire de chaque, au cas où : un plat avec des crevettes, un avec du poulet, un avec du bœuf et même un végétarien."

« J'ai entendu papa rire dans mon dos. Il n'avait pas cessé de nous tourner autour, comme un arbitre prêt à bondir à la moindre alerte pour sanctionner un éventuel manque de fair-play ou éviter ne serait-ce que l'ébauche d'un mauvais geste.

« “Elle voudrait toujours penser à tout”, commenta-t-il avec attendrissement.

« Ariel lui rendit son sourire. Cette adoration qu'elle avait dans les yeux ! Je l'aurais tuée. Ce n'est pas que je ne veuille pas qu'on aime mon père, seulement... Je crois que je ne voulais pas voir quelqu'un l'aimer plus que moi ou que ma mère, en fait.

« En tout cas, vous étiez à peu près d'accord que c'était plus ou moins ce que je pensais, c'est bien ça, docteur Marlowe ?

— À peu près, plus ou moins, répondit-elle avec son indéchiffrable sourire.

Inutile d'espérer davantage : elle n'en dirait pas plus. Alors j'ai repris mon récit :

— Le dîner ne s'est pas très bien passé. Je n'avais pas vraiment faim. Ça n'avait rien à voir avec la nourriture, qui sentait très bon, mais les parois de mon estomac semblaient scotchées l'une à l'autre comme un de ces maudits sachets en plastique au supermarché. C'est à peine si j'ai pu avaler trois bouchées. Mais Ariel n'a pas semblé s'en apercevoir. Elle a mangé comme quatre. Maman la maudirait de pouvoir manger tout ce qu'elle veut sans prendre un gramme, me suis-je dit, en la regardant engloutir pratiquement la moitié des plats. C'est marrant comme je ne pouvais pas m'empêcher d'imaginer comment ma mère aurait réagi si elle avait été là.

« J'ai appris qu'Ariel était secrétaire dans une des boîtes que la société de mon père avait achetées. Elle était de Santa Barbara, avait fait de brèves études dans une petite école de commerce, puis avait été placée dans cette entreprise, par une de ces innombrables agences d'intérim, pour finalement voir son job provisoire transformé en emploi à plein temps. Elle parlait, parlait, parlait, comme si elle était terrifiée à la perspective du moindre silence à table. J'ai donc découvert aussi qu'elle avait un frère aîné qui voulait devenir pilote de ligne, que son père était mécanicien chez Delta Airlines et que sa mère était dentiste.

« “C'est pourquoi Ariel a de si belles dents”, m'a subtilement fait remarquer mon père.

« Elle avait effectivement ces dents parfaitement alignées d'un blanc étincelant qu'on ne voit que dans les pubs pour dentifrice.

« Elle a gloussé en posant la main sur la sienne. Papa m'a alors jeté un coup d'œil embarrassé, avant de lui décocher un regard réprobateur. Elle a enlevé précipitamment sa main. Je suppose qu'il lui avait fait la leçon et demandé de mettre un bémol quand je serais là. Ça l'a rendue encore plus nerveuse et elle s'est remise à parler à toute vitesse, dressant l'inventaire de ses plats préférés, de ses couleurs préférées, de ses vêtements préférés, etc., comme si elle cherchait désespérément quelque goût que nous pourrions avoir en commun.

« Et, pendant ce temps, je restais assise là, à l'écouter, figée comme une statue – et avec un regard tout aussi expressif, j'en suis persuadée.

« "Bon. Qu'est-ce que je vais faire de mes deux amours, moi, ce soir ? l'interrompit soudain mon père.

« — Et si nous allions au cinéma ? proposa Ariel.

« — Je suis fatiguée, papa, ai-je répondu. Allez-y tous les deux. Je n'ai qu'une envie : c'est de me glisser dans mon lit pour lire un peu et regarder la télé.

« — Vraiment ?" À l'entendre, il avait du mal à croire à pareille aubaine.

« "Oui, oui." J'espérais à moitié qu'ils allaient insister un peu, mais ils ont sauté sur l'occasion.

« Ariel n'a pas voulu que je l'aide à débarrasser la table.

« "Va donc dans le salon passer un petit moment avec ton père, m'a-t-elle dit. Après tout, c'est lui que tu es venue voir."

« Papa s'est assis dans le canapé et moi dans le fauteuil d'en face. Il a parlé de l'appartement, des changements qu'il voulait y apporter, mettant toutes les bonnes idées au crédit d'Ariel. Je savais que c'était un pieux mensonge, mais, pour moi, maintenant, les mensonges, c'étaient comme les mouches : on les chasse de la main ou on les ignore.

« Évidemment, notre conversation n'a pas tardé à s'orienter vers mon travail scolaire. Papa m'a alors demandé ce que je voulais faire, ce que je voulais devenir. Je me serais crue revenue dans le bureau du conseiller d'orientation.

« "Je ne sais pas", lui ai-je répondu, juste au moment où Ariel nous rejoignait. Elle a aussitôt pris cette expression d'intérêt forcé, comme si, tout à coup, il n'y avait rien de plus important pour elle que de savoir ce que je voulais faire de ma vie ! "Peut-être que je ferai une école de commerce, que je décrocherai un petit job dans une agence d'intérim et que je finirai par rencontrer un chic type comme toi, papa", ai-je lancé, avec un air on ne peut plus détaché.

« Mon père est resté là, sans bouger, avec son sourire crispé collé sur le visage, comme si je venais de lui donner un coup sur la tête. Ariel s'est mise à agiter les mains – on aurait dit un couple de moineaux terrifiés –, puis a fini par les poser l'une sur l'autre, les pressant entre les deux globes parfaits de sa poitrine de rêve.

« "Bien, a fait papa. Tu es peut-être un peu fatiguée, en effet. Toutes ces émotions... c'est épuisant, je sais. Mais nous nous rattraperons demain. Pourquoi n'irions-nous pas au yacht-club louer une vedette pour faire un tour avant le déjeuner ? Qu'est-ce que tu en dis ? Ça fait un petit moment que nous n'avons pas fait ça, n'est-ce pas ?

« — Oui, ai-je répondu, tout en calculant mentalement. Ça doit bien faire deux ans, je crois."

« Il a eu un petit rire contraint.

« "Alors, il est vraiment temps de nous y remettre."

« Ariel s'est levée d'un bond.

« "Tu ne veux vraiment pas venir avec nous ? m'a-t-elle demandé.

« — Non, non, merci." Quand je lui ai souri, c'était comme si j'avais deux fils invisibles attachés aux coins de la bouche, chacun tirant dans une direction opposée : un véritable automate.

« "Nous rentrerons de bonne heure", m'a promis papa. Il est allé chercher son blouson pendant qu'Ariel filait dans la salle de bains pour se redonner un coup de peigne. On aurait dit deux collégiens en route pour leur première soirée en amoureux. Ça m'a crevé le cœur de les voir si heureux. Je les aurais tués. Mais je n'ai rien dit et ils sont partis.

« Il régnait un tel silence dans cet appartement que je pouvais entendre les battements de mon cœur. Ils n'avaient pas plus tôt passé la porte que, poussée par une curiosité bien naturelle, je me lançais dans une petite tournée d'inspection : je suis allée directement dans leur chambre pour passer en revue la garde-robe d'Ariel. J'ai même fouillé dans les tiroirs et examiné sa lingerie. Après, j'ai déambulé à travers les pièces, ouvrant les placards, soulevant çà et là un couvercle. Je suppose que je voulais savoir si mon père avait conservé quelque chose de sa femme ou de sa fille dans sa nouvelle vie. Mais je n'ai rien trouvé, pas même une photo de moi.

« Finalement, je suis allée me coucher, j'ai regardé la télé et je me suis endormie. Je ne les ai pas entendus rentrer, mais papa est venu voir si je dormais et a éteint la télé que j'avais laissée allumée. Ça m'a réveillée, mais la porte s'est refermée tout doucement avant que je ne puisse lui parler. Puis il y a eu des murmures de l'autre côté du mur : les petits gloussements d'Ariel et la voix étouffée de mon père.

« Ils ont essayé de faire l'amour le plus discrètement possible et j'ai essayé de penser à autre chose, mais je savais pertinemment ce qui se passait à côté. Après, quand ça s'est arrêté, je suis restée allongée dans le noir, à regarder le plafond, en me demandant ce que ma mère était en train de faire pendant ce temps-là.

« Je l'imaginais toute seule, triste et un peu perdue dans son grand lit. C'était assez naturel de la prendre en pitié, je suppose, étant donné les circonstances. Papa avait l'air de refaire sa vie exactement comme il l'entendait et d'obtenir exactement ce qu'il souhaitait : il était en pleine seconde lune de miel ! Je me demandais s'il disait à Ariel les choses qu'il avait dites à ma mère quand ils étaient encore jeunes et follement amoureux.

Est-ce qu'il citait les mêmes poètes, lui faisait les mêmes promesses et les mêmes déclarations enflammées ? Si ça se trouve, il l'emmenait dans les mêmes endroits !

« Je crois que le pire pour moi, dans le divorce de mes parents, ça a été de prendre conscience que plus rien de ce que mon père disait n'avait désormais de sens. Sa vie semble n'avoir été, d'un bout à l'autre, qu'un énorme mensonge. C'est peut-être injuste envers lui, quand on pense aux problèmes qu'a ma mère, mais c'est plus fort que moi. C'était censé être pour le meilleur et pour le pire, non ? Alors, pourquoi tiendrait-il ses promesses, maintenant ?

« Je n'ai rien laissé paraître de ce que j'éprouvais, bien entendu. Le lendemain, Ariel s'est montrée aussi charmante qu'on peut l'être. Ça ne s'est pas trop mal passé, en définitive. J'ai adoré la balade en bateau. Papa m'a laissé la barre, pendant qu'Ariel et lui s'asseyaient à l'arrière, hurlant à chacun de mes brusques virements de bord et riant sous les gerbes d'eau qui les éclaboussaient. À ce moment-là, je me suis dit que je devrais peut-être m'amuser, moi aussi, et tout oublier ou, du moins, ne plus essayer de trouver un sens à cet énorme truc incompréhensible qui m'était tombé sur la tête sans prévenir.

« J'ai mangé normalement, au déjeuner, et, ce soir-là, nous sommes allés nous promener à Santa Monica et nous avons dîné dans un petit restaurant italien. J'ai fait du shopping avec Ariel, puis papa m'a acheté trois CD et un nouveau tee-shirt débile pour ma collection et aussi une bague avec ma pierre porte-bonheur dessus.

« En fait, rendre visite à son père, quand il vient de divorcer, c'est un peu comme fêter Noël et son anniversaire en même temps. À ce moment-là, tout au moins, je pouvais vraiment demander la lune.

« Ce n'est qu'en rentrant le soir que je me suis rendu compte des conséquences de notre petite promenade en mer : j'avais pris des couleurs. C'est la première chose que maman a remarquée quand papa m'a ramenée à la maison, le dimanche soir.

« "Non mais regarde-toi ! s'est-elle écriée. Tu as pris un coup de soleil ! Tu n'avais pas mis d'écran total ?

« — Je n'ai pas pris de coup de soleil, maman. Je suis juste un peu bronzée, c'est tout.

« — Un peu ! Tu aurais dû faire attention, Misty ! Tu n'es plus une gamine, tout de même ! Et lui non plus, ce n'est plus un gamin ! Quant à sa petite amie, n'en parlons pas ! D'après ce que j'ai entendu dire, elle est à peine plus âgée que toi."

« Maman attendait son rapport détaillé, bien sûr : elle croyait que j'allais lui faire un compte rendu minutieux de mon week-end chez mon père. Mais je ne lui ai pas fait ce plaisir et elle a eu du mal à cacher sa déception. Quand elle a vu tout ce que papa m'avait offert, ça n'a fait que retourner le couteau dans la plaie. Et la voilà repartie avec ses histoires de pension alimentaire et de règlements financiers.

« Et moi, de mon côté, en la regardant tempêter et larmoyer à tort et à travers, je me disais que ce serait toujours comme ça, que je ne pourrais jamais être tranquille chez l'un sans que l'autre vienne systématiquement tout gâcher avec ses critiques et ses rancœurs, et qu'en définitive je serais bien mieux si je n'étais ni avec l'un ni avec l'autre. C'est alors que l'idée a commencé à germer. Peu à peu, elle a fait son chemin. Et c'est comme ça que les ennuis ont commencé et que j'en suis arrivée là.

J'ai senti le regard du Dr Marlowe peser sur moi et j'ai ajouté :

— Enfin, c'est en partie à cause de ça. En partie, seulement.

Elle a hoché la tête. Voilà qui était mieux : je ne rejetais pas toute la responsabilité sur mes parents. J'assumais mes erreurs. Enfin, plus ou moins.

Cette rectification dûment accomplie, j'ai repris mon récit :

— La visite suivante chez mon père n'a pas eu lieu à la date prévue. Ça n'a pas tardé à devenir la règle, d'ailleurs. Il a de nouveau invoqué des problèmes professionnels. Après, chaque fois qu'il essayait de fixer une nouvelle date, maman le lui faisait payer au prix fort : elle appelait aussitôt son avocat pour se plaindre de la conduite irresponsable de mon père et l'accuser, par ses constants changements de programme, de lui rendre la vie impossible.

« Elle aurait bien voulu que je prenne son parti. Alors, elle m'en parlait à la première occasion : à tous les repas – de l'entrée au dessert – et, dès que j'avais un moment de libre, elle me tombait dessus pour me chanter son éternel refrain. Ou encore elle déboulait dans ma chambre pour m'annoncer que mon père ne pouvait pas se libérer le week-end suivant parce qu'il partait pour Boston, Chicago ou ailleurs. À croire qu'elle aimait ça.

« "Moi aussi j'ai une vie à reconstruire, figure-toi, geignait-elle. Je ne vais tout de même pas modifier mon planning parce qu'il n'est pas capable de gérer correctement le sien !"

« Je lui répondais invariablement que ça m'était égal, mais elle repartait de plus belle :

« "Évidemment que ça t'est égal ! Qui pourrait te le reprocher ? Non mais regarde-moi cet égoïste ! Ah mais ! le juge a fixé les règles et il va bien falloir qu'il apprenne à les respecter, qu'il le veuille ou non !"

« Pas une fois il ne lui est venu à l'esprit que, dans toute cette affaire, c'était moi qui souffrais le plus. Quand allais-je enfin voir le bout du tunnel ? Quand le tonnerre et les éclairs allaient-ils donc s'éloigner ? Chaque fois que son téléphone sonnait pendant le dîner, j'imaginais le pire. Elle semblait passer sa vie au téléphone avec son avocat. Je ne sais pas combien gagne un avocat pour un divorce, mais, quand bien même ce serait une fortune, ces gens-là ne peuvent pas aimer leur travail. C'est impossible. Surtout quand ils ont des clients comme mes parents !

— Tu n'as encore rien vu ! Attends un peu que je te parle des miens ! lâcha Jade qui, jusqu'à présent, était restée assise sans bouger, les jambes repliées, toute ouïe, avec une expression si attentive qu'elle semblait complètement captivée par mon histoire.

— Pauvres petites filles riches ! persifla Star.

Jade lui décocha un regard à assommer un rhinocéros en furie.

— Je ne suis pas riche, ai-je protesté.

— Drôlement plus riche que moi, en tout cas ! a-t-elle répliqué. Et toi, a-t-elle apostrophé Jade, je parie que tu es encore plus riche que le Dr Marlowe.

— Cette accusation est inacceptable ! Je ne vois pas en quoi on pourrait me reprocher d'avoir de l'argent ! s'indigna Jade, outrée.

Je me suis tournée vers Star et je lui ai demandé :

— N'as-tu jamais entendu dire que l'argent ne fait pas le bonheur ?

Elle a eu un petit rictus goguenard.

— Si, si, mais donne-moi seulement une chance d'être déçue. Je te raconterai.

Nous nous sommes toutes retournées en entendant le Dr Marlowe éclater de rire. De nous quatre, c'était encore Cathy qui semblait la plus stupéfaite.

— Allons, mesdemoiselles, intervint notre chère thérapeute. Je suis ravie que vous soyez toutes différentes et que vous ne partagiez pas le même point de vue. Vous aurez d'autant plus à vous offrir et à échanger.

Jade avait l'air sceptique, mais pas autant que Star.

— Un peu de patience ! Laissez à chacune sa chance, plaida notre bon docteur.

Tous les regards ont de nouveau convergé sur moi et j'ai poursuivi :

— C'est à peine si je réussissais à garder la tête hors de l'eau à l'école, mais, plus je plongeais, plus ils s'accablaient de reproches et plus la maison crépitait de parasites. Je commençais aussi à négliger bien d'autres choses : ma façon de m'habiller, de me coiffer, ce que je mangeais. J'ai commencé à détester l'image que je véhiculais, à ne plus pouvoir me voir dans un miroir, à me haïr.

« C'est alors que les derniers fils, déjà si fragiles, qui me reliaient encore à mes meilleures amies se sont brisés. Elles voulaient de moins en moins avoir affaire à moi et je me suis mise à traîner avec un autre genre de faune. Finalement, j'ai atterri dans les bras d'un garçon qui s'appelait Lloyd Kimble.

« Après Charles Allen, c'était vraiment le jour et la nuit.

« Les parents de Lloyd étaient vraiment séparés, eux. Il vivait avec sa mère, mais elle n'était pas souvent chez elle et, en fait, il était plutôt livré à lui-même. Il ne voulait pas entendre parler de son père. À dire vrai, il le haïssait. Il m'a raconté qu'il s'était déjà battu avec lui, quand son père avait voulu le punir, la dernière fois qu'ils s'étaient vus. Il n'était pas mal, malgré son nez cassé – petit souvenir d'une bagarre. Il m'a raconté que l'autre type lui avait tapé dessus avec une batte de base-ball. Il avait de grands yeux noirs mélancoliques, un long visage fin qui contrastait avec une mâchoire carrée. C'était juste cet air qu'il avait, cette allure de rebelle, de dur à cuire, de casse-cou, toujours prêt à tout. À le voir, on avait l'impression qu'il était constamment en colère. En tout cas, il avait vraiment la haine contre tous les gens que je fréquentais – ou, plutôt, que j'avais fréquentés. Il était déjà passé au tribunal. Il avait été renvoyé de l'école, puis réintégré, mais il était en liberté conditionnelle. Je me disais toujours que, si ma mère apprenait que j'avais ne serait-ce qu'adressé la parole à ce genre de garçon, elle en aurait fait une dépression nerveuse. C'est peut-être ce qui explique que j'aie fait ça.

« Nous n'avons pas encore fini d'explorer cette piste-là, n'est-ce pas, docteur Marlowe ?

— Entre autres, répondit notre psychothérapeute, en hochant la tête. Pour les difficultés auxquelles vous êtes toutes les quatre confrontées, il n'y a jamais de cause unique, mais une conjonction de causes multiples.

— C'est peut-être ce qui explique que tu as fait quoi ? s'impatienta Star.

J'ai jeté un coup d'œil au Dr Marlowe, puis j'ai regardé Star droit dans les yeux.

— Que je me sois enfuie avec lui, lui ai-je répondu.

Un petit sourire malicieux a commencé à se dessiner sur ses lèvres.

— Enfuie avec lui ! Mais tu es là, aujourd'hui, non ?

— Oui, justement.

8

— Je n'aurais jamais pu imaginer avoir, un jour, la moindre relation avec Lloyd Kimble. Avant qu'il ne vienne à ma table à la cantine, c'est tout juste si je l'avais regardé.

« J'étais assise dans mon coin, à m'apitoyer sur mon sort. J'avais la haine au cœur et la rage au ventre : je détestais tout et tout le monde. Je suppose que ça se voyait : je ne devais pas avoir l'air aimable, ni particulièrement joyeux. Quand Lloyd a posé son plateau sur la table, j'étais bien trop occupée à broyer du noir pour l'entendre arriver. J'étais tellement plongée dans mes mornes pensées que, quand il s'est assis à côté de moi, je ne l'ai même pas vu. Il a dû faire exprès de me bousculer pour parvenir à attirer mon attention. Son épaule a heurté la mienne et j'ai renversé le contenu de ma cuillère. Je me suis brusquement redressée avec la très nette intention de la faire avaler à l'espèce de crétin qui avait fait ça.

« "Désolé, m'a-t-il dit, mais si tu t'étais pas penchée autant, ce s'rait pas arrivé. Et puis tu prends deux places à toi toute seule, d'toute façon.

« — Absolument pas !" me suis-je indignée.

« Il a haussé les épaules. Il a dit : "Alors, c'est p't-être moi", et il a ri.

« Je savais qui était Lloyd Kimble, évidemment. Tout le monde savait qui était Lloyd Kimble, comme on sait ce qu'est un scorpion ou un serpent à sonnettes : pas besoin de le voir de près pour savoir qu'il vaut mieux garder ses distances avec ce genre d'animal.

« “Qu'est-ce qu'y s'passe ? m'a-t-il demandé avec un petit sourire en coin. Tes copines t'ont lâchée ?” Il a hoché la tête dans leur direction.

« J'ai démenti d'un ton tranchant. Je n'étais pas d'humeur à me faire mettre en boîte. “Non, personne ne m'a *lâchée*”, ai-je répliqué sèchement.

« Lloyd avait un sourire horripilant : il lui suffisait d'étirer légèrement les lèvres, en vous regardant avec son air arrogant, pour qu'on ait l'impression de l'entendre ricaner. Mais, en même temps, ça lui donnait un petit côté… sexy. C'est quelqu'un de dangereux, c'est certain, mais je suppose que c'est aussi ce qui le rend si attirant. Il fait ce qu'il veut, quand il veut. Il est impulsif et ne respecte aucun règlement, aucune autorité.

« C'était M. Calder qui était de surveillance à la cantine, ce jour-là, et il me regardait avec cette moue dédaigneuse, du style : comment pouvez-vous vous abaisser au point de laisser Lloyd Kimble s'asseoir à côté de vous et vous adresser la parole ? Soudain, j'ai senti la colère me gagner. De quel droit M. Calder se permettait-il de décider qui je pouvais fréquenter ou pas ? Il n'était que mon prof d'anglais, après tout, pas mon père, ni mon grand frère ! À ce moment-là, j'ai été prise d'un dégoût généralisé pour les adultes du monde entier. Tous ces tyrans bouffis d'hypocrisie me levaient le cœur avec leurs mensonges et leurs petites mesquineries.

« “C'est pas l'genre d'une Beverly d'faire bande à part comme ça. À moins qu'y ait un truc qui cloche chez toi et j'suis sûr qu'c'est pas ta dégaine !” commenta Lloyd, avant de mordre à belles dents dans son hamburger.

« Une “Beverly” ? Je n'avais jamais entendu cette expression. Je lui ai demandé ce qu'il entendait par là.

« Il a cessé de manger pour m'adresser un petit sourire goguenard, puis il s'est remis à mâcher jusqu'à ce qu'il ait avalé sa bouchée, et il a agité la main en direction de Darlene et de ses groupies.

« “Une de ces filles à papa de Beverly Hills. Tu sais, une p'tite pimbêche pourrie de pognon : une Beverly, quoi !

« — Même si je vis à Beverly Hills, je n'ai absolument rien d'une fille à papa", lui ai-je rétorqué, avec plus de courage que je ne m'en serais crue capable. Il a éclaté de rire et ça n'a fait que m'exaspérer davantage. "Absolument rien ! ai-je insisté, d'un ton cassant.

« — Tant mieux pour toi, a-t-il ricané. Mais alors, pourquoi t'es pas assise à leur table ?

« — Ce n'est qu'une bande d'hypocrites, si tu veux savoir, ai-je craché.

« — Oh, ça je l'sais, c'est pas nouveau, m'a-t-il répondu. Mais qu'est-ce qu'elles t'ont fait ? T'ont planqué tes cartes de crédit ?

« — Très drôle, ai-je répliqué d'une voix glaciale. Non, elles ne m'ont rien fait. Elles… elles pensent tout simplement qu'elles valent mieux que moi, maintenant.

« — Pourquoi maintenant ?" m'a-t-il aussitôt demandé. Je me suis tournée vers lui et je l'ai dévisagé en silence. Pourquoi s'intéressait-il tellement à moi, tout à coup ? "On dirait qu't'as besoin d'un ami, a-t-il lâché, avec un haussement d'épaules désinvolte, sans se départir de son petit sourire horripilant.

« — Tu veux me faire croire que tu vas t'abaisser à fréquenter une fille comme moi ? ai-je persiflé. Une Beverly ?

« — Je fais c'que j'veux, a-t-il affirmé avec morgue. Personne me dit qui j'dois fréquenter ou pas."

« Puis il a recommencé à sourire. Tout à coup, il ne m'a plus paru aussi dangereux qu'on le prétendait, et puis, assise tout près de lui comme je l'étais, je me suis rendu compte qu'avec ses grands yeux noirs pétillants de malice, il était bien plus séduisant que je n'aurais jamais pu l'imaginer. Peut-être que j'étais tout simplement dans l'état d'esprit qu'il fallait pour le rencontrer ? En tout cas, nous avons continué à bavarder et j'ai découvert qu'il avait un fameux sens de l'humour – qu'il se faisait un plaisir d'exercer aux dépens de mes petites camarades, d'ailleurs. Nous avons beaucoup ri au cours de ce premier déjeuner. Je suppose que ça a créé une sorte de complicité entre nous. Toujours est-il que j'ai fini par lui raconter ce qui était arrivé à mes parents et comment mes soi-disant "amies" avaient réagi quand elles l'avaient appris. Il savait plus de choses sur moi que je ne le pensais. Il savait, notamment, que j'étais sortie avec Charles Allen et, quand je lui ai dit que ce n'était sans doute pas ce que j'avais fait de mieux, son sourire est tout de suite devenu beaucoup plus chaleureux.

« Je n'ai pas tardé à m'apercevoir que, plus je parlais avec lui, plus mes anciennes amies me regardaient de travers. Notre petit tête-à-tête faisait jaser. Je dois reconnaître qu'au début je l'ai surtout fait par provocation : ça me plaisait de choquer tout le monde en bavardant avec Lloyd Kimble. Mais, après avoir passé un petit moment avec lui, j'ai commencé à vraiment apprécier sa compagnie. Lui et moi avions plus en commun que je ne l'aurais cru – ou que je n'aurais voulu l'admettre. Il semblait réellement comprendre les sentiments que j'éprouvais à l'égard de mes parents. À ce propos, il a dit un truc que j'ai trouvé très juste.

— Quoi ? s'enquit aussitôt Star, manifestement captivée par mon histoire.

— Il a dit que, quelquefois, les jeunes comme nous devaient grandir plus vite que les autres et que les adultes ne s'en apercevaient pas, ou qu'ils faisaient semblant de ne pas s'en apercevoir pour ne pas avoir à se remettre en question. Ils continuaient à nous traiter comme des gosses, alors qu'on était déjà à des kilomètres de là. Pas tant parce qu'on le voulait, nous, que parce que c'est la vie qui veut ça.

« Il a dit aussi que ça ne sert à rien de se demander si c'est juste ou pas juste, qu'il faut seulement accepter les choses telles qu'elles sont et faire ce qu'on a à faire. Et, si ça ne leur plaît pas, aux adultes, ils n'ont qu'à aller se faire pendre ailleurs.

— Oh bravo ! s'est exclamée Jade, la bouche si crispée qu'on aurait dit une bourse dont on aurait tiré les cordons.

J'ai immédiatement riposté :

— Eh bien moi j'ai applaudi, figure-toi. Ce n'est peut-être pas aussi bien dit que dans les livres, mais ça a le mérite d'être vrai, surtout pour moi. Et je parierais que c'est tout à fait valable pour toi aussi.

Elle a semblé pensive pendant un instant, puis elle a détourné les yeux sans répondre.

— Et alors ? s'impatienta Star. Qu'est-ce qui lui est arrivé ?

Jade s'est retournée vers moi de mauvaise grâce.

— Nous avons commencé à passer de plus en plus de temps ensemble : entre les cours, à la cantine et à la sortie du lycée. Il n'avait pas de voiture, lui, évidemment, mais il possédait une petite moto qui n'avait d'ailleurs, comme je devais le découvrir plus tard, ni assurance, ni immatriculation légale. Mais ce n'était pas le genre de choses qui inquiétaient Lloyd.

« "T'prends pas la tête avec des détails", me répétait-il souvent.

« Je riais beaucoup avec lui et, depuis que je l'avais rencontré, je me sentais vraiment mieux. Je me sentais... libre... dégagée de tout. Quand j'étais avec lui, le crépitement des parasites se taisait.

« Maman enchaînait les rendez-vous, tous avec des hommes différents. Mais aucun d'eux ne semblait trouver grâce à ses yeux et elle commençait à désespérer, et, surtout, à envier le bonheur de mon père. Son aigreur s'en est accrue. Elle s'est mise à avoir de plus en plus de "déjeuners-copines" et de dîners avec d'autres femmes qui partageaient sa haine des hommes et qui, dans mon esprit, formaient avec elle ce que j'appelais les AHA, les Anti-Hommes Anonymes. D'après ce que j'ai pu lire sur les AA, les Alcooliques Anonymes, le rituel qui rythme leurs réunions hebdomadaires n'est pas très différent du leur. Ces femmes viennent à la maison pour se réunir autour d'un café et je les entends caqueter comme des poules enragées toute la soirée. Chacune commence par raconter comment elle s'est fait humilier par son mari ou par son dernier petit ami en date. Elle reconnaît que c'est en grande partie sa faute et tout le monde compatit. Puis elles jurent toutes de ne plus jamais s'investir dans une relation sérieuse avec un homme. Elles jubilent quand l'une d'entre elles a abusé d'un homme ou quand elle lui a brisé le cœur et se régalent au récit de son aventure.

« Ma mère s'est vantée auprès d'elles de l'obstination dont elle faisait preuve pour rendre la vie impossible à mon père et elle s'est même flattée de se servir de moi comme d'une épée de Damoclès qu'elle menace de lui faire tomber sur la tête à la première occasion. Elle leur a raconté comment elle profitait de la moindre facture pour entrer en conflit avec lui et comment elle faisait peser sur lui et sur son avocat tout le pouvoir légal que son propre avocat pouvait exercer sur eux. Les autres femmes ont toutes applaudi et l'ont félicitée, l'acclamant comme si elle venait de remporter une bataille décisive pour la cause des femmes.

« J'ai raconté ça à Lloyd et il m'a dit qu'il ne voulait jamais avoir d'enfant et qu'il ne se marierait jamais, à moins que sa future épouse ne partage ses vues sur le sujet.

« "Qui peut bien vouloir bousiller la vie d'quelqu'un qu'a rien demandé ?" disait-il. Je trouvais ça plutôt triste, mais je le comprenais.

« Ça faisait déjà un peu plus de quinze jours qu'on se voyait plus ou moins régulièrement, lui et moi. La plupart du temps, c'était au lycée, mais, quelquefois, nous nous donnions rendez-vous sur la Promenade. Je sais que toutes mes anciennes copines le voyaient comme une sorte d'obsédé sexuel, mais il n'était pas du tout comme ça. Il était même plutôt timide : il avait presque peur de me toucher ou de m'embrasser.

« Quand j'ai dit ça à Darlene – elle me harcelait pour que je lui raconte quelque chose qu'elle pourrait ensuite aller rapporter à ses petites copines pour alimenter Radio Ragots –, elle m'a répondu que c'était probablement une technique, qu'il cherchait sans doute à m'attirer dans sa toile comme une araignée. Je dois reconnaître que l'idée ne m'a pas paru idiote, au début. Pourtant, un après-midi, j'ai accepté d'aller chez lui et il ne s'est rien passé.

« "Tu es sûr que tu veux permettre à une Beverly d'entrer dans ta chambre ?" lui ai-je demandé. Mais il m'a dit que s'il y avait bien une chose dont il était absolument sûr, maintenant, c'est que je n'avais absolument rien d'une Beverly. Quinze jours plus tôt, je n'aurais pas pris ça pour un compliment, mais je savais, désormais, que c'était sa façon à lui de m'avouer qu'il me faisait confiance, qu'il me respectait et qu'il me croyait sincère et honnête.

« L'appartement dans lequel il vivait n'était pas grand et sa mère ne l'entretenait pas très bien : il y avait de la vaisselle sale dans l'évier, de la poussière sur les meubles, de grosses taches sur la moquette et les carreaux n'étaient pas faits. Déjà, le bâtiment en lui-même n'était pas franchement reluisant, mais même à l'intérieur, des appareils de chauffage à la moquette, en passant par les meubles ou même les murs, tout semblait fatigué, usé. Il m'a expliqué qu'à ce moment-là sa mère avait un nouveau petit ami et qu'elle ne rentrait pas souvent. Je n'ai pas compris ce que ça signifiait, sur le coup, mais je n'ai pas tardé à me rendre compte qu'en fait, la plupart du temps, Lloyd vivait tout seul chez lui. Ce jour-là, j'ai fait pas mal de nettoyage et de rangement – ce que je fais rarement, pour ne pas dire jamais, à la maison. Lloyd me répétait sans cesse que je n'avais pas à faire ça.

« J'ai fini par lui répondre que je le savais parfaitement, mais que je voulais le faire pour lui. Il m'a regardée bizarrement et j'ai vu, tout à coup, dans ses yeux qu'il tenait vraiment à moi.

« "Ma mère va savoir que j'ai amené quelqu'un, a-t-il vainement protesté. Elle sait bien que j'suis pas un fou du ménage.

« — Eh bien, qu'elle le sache", lui ai-je répondu. Et ça lui a plu.

« Un soir que ma mère recevait ses copines des AHA, je lui ai dit que j'avais rendez-vous avec Darlene sur la Promenade et j'ai pris un taxi pour me rendre à l'appartement de Lloyd. Il a été très étonné de me voir. Ce qui l'a surtout épaté, c'est que j'aie fait ça comme ça, spontanément, que j'aie pu me montrer aussi impulsive que lui. J'avais peur de le trouver avec une autre fille ou que sa mère soit là et qu'elle n'approuve pas ce genre de visite nocturne, mais il était seul.

« Nous avons d'abord écouté de la musique, puis nous avons bavardé un moment et, tout à coup, *bam !* j'étais dans ses bras et je l'embrassais passionnément. Il ne nous a pas fallu longtemps pour nous déshabiller et nous retrouver dans son lit. J'avais très peur, mais pas de lui. J'avais peur de la façon dont j'allais réagir. J'avais peur d'être comme ma mère, d'avoir les mêmes problèmes qu'elle – même si je ne comprenais pas vraiment de quoi elle souffrait. J'avais peur que Lloyd ne m'aime plus, tout comme mon père n'aimait plus ma mère. Mais, en même temps, j'avais impérativement besoin de savoir.

« Lloyd a été très surpris quand il s'est rendu compte que je n'étais plus vierge, mais il n'en a pas fait un drame. Il a été très patient, très affectueux, beaucoup plus tendre et romantique que Charles Allen, avec toute sa bonne éducation et sa "grande maturité".

« Ça s'est passé tout en douceur. Je m'attendais à ressentir, à tout moment, une immense douleur, mais ça a été complètement l'inverse : j'ai ressenti un immense plaisir, au contraire. Je savais que j'avais une conduite irresponsable parce que nous n'utilisions aucun moyen de contraception, mais je me sentais si bien ! Je me laissais emporter par mes émotions, entièrement livrée à des sensations si enivrantes que c'était comme si j'avais roulé à tombeau ouvert sur une autoroute en sachant que je pouvais m'écraser d'une seconde à l'autre sans jamais ralentir pour autant.

« Après, j'étais comme sur un petit nuage. J'étais tellement heureuse ! J'avais l'impression de m'être prouvée que j'étais une femme normale et je savais désormais que l'homme que j'épouserais un jour ne pourrait pas me quitter parce que j'étais frigide.

« Lloyd et moi sommes devenus encore plus proches, naturellement, mais j'avais peur de l'inviter à la maison. Je savais ce que ma mère penserait de lui quand elle le verrait. Je savais comment elle réagirait et je savais qu'elle me rendrait la vie encore plus impossible. Lloyd et moi avons passé toute la semaine suivante à comploter pour trouver le moyen de passer une nuit ensemble chez lui. Mais, quand je l'ai rejoint au lycée, le mercredi, il était complètement déprimé : sa mère rentrait le lendemain et elle avait invité son petit ami à passer le week-end chez elle. J'avais fait des pieds et des mains pour essayer de trouver quelqu'un de confiance qui aurait accepté de me servir d'alibi pour une nuit, mais, à présent, je n'avais plus besoin de me casser la tête.

« C'est alors que mon père a téléphoné. J'avais oublié que j'étais censée passer le week-end chez lui. Comme c'était trop souvent le cas, il avait encore un empêchement : un voyage d'affaires imprévu, sans doute.

« Seulement, cette fois, dis-je, avec un petit sourire complice pour ma voisine, je ne l'ai pas annoncé à ma mère. Ce qui fait que, pour elle, je passais toujours le week-end chez mon père.

— Cool ! s'exclama Star.

— Tu n'avais pas peur qu'elle découvre la vérité ? s'inquiéta Cathy.

Elle était demeurée si silencieuse, dans une immobilité si parfaite, qu'on aurait dit une petite fille écoutant la belle histoire que lui raconte sa maman ou sa maîtresse d'école, une petite fille terrifiée à l'idée que quelque chose ou quelqu'un puissent rompre le charme.

— Franchement ? lui ai-je répondu, en cherchant son regard, mais elle a détourné les yeux. Je m'en fichais. C'était peut-être même ce que je voulais, en fait.

Elle a baissé la tête.

— Mais où aviez-vous l'intention d'aller, tous les deux ? me demanda Jade, dans un motel ?

— Non. Mieux que ça. Papa m'avait montré où il cachait le double de la clef de son appartement, au cas où je serais arrivée avant qu'Ariel ou lui ne soient rentrés, un jour. Elle était derrière un petit placard, dans son box de parking, au sous-sol.

« C'est là que nous sommes allés. Dès qu'il a vu l'immeuble, Lloyd a été très impressionné. Il l'a été encore plus en découvrant l'appartement. Il a commencé à faire l'inventaire du bar du salon pendant que je préparais quelque chose à manger. Nous jouions un peu les jeunes mariés qui viennent d'emménager. Nous nous sommes tranquillement installés devant la télévision, mais, après le dîner, la température n'a pas tardé à monter. Quand elle est devenue vraiment torride, c'est moi qui ai décidé d'aller dans la chambre de mon père plutôt que dans la mienne. Pourquoi ? Sans doute parce que ça me paraissait... plus risqué ? Nous avons fait l'amour, puis j'ai tout remis en ordre et nous avons pris une douche. J'ai donné à Lloyd une des robes d'intérieur de papa et j'ai gardé mon peignoir. Nous sommes ensuite retournés dans le salon pour nous allonger sur le canapé et regarder la télé dans les bras l'un de l'autre. Et... nous nous sommes endormis.

« C'est là que mon père et Ariel nous ont surpris en rentrant, peu après minuit.

— Sans blague ? s'écria Star.

— Ouah ! murmura Jade, en portant la main à ses lèvres.

Quant à Cat, elle tremblait pour moi.

— Papa était furieux, bien sûr. Il a dit deux ou trois mots bien sentis à Lloyd. Je lui en ai sorti deux ou trois de mon cru qui n'étaient pas mal non plus, et le ton est monté. Ariel a bien essayé de s'interposer, mais papa a retourné sa colère contre elle et elle a aussitôt battu en retraite. Lloyd s'est rhabillé et papa l'a jeté dehors. Puis il a appelé maman, la réveillant au beau milieu de la nuit pour lui raconter ce qui venait de se passer. Il lui a dit que c'était sa faute, évidemment.

« Je n'ai pas beaucoup dormi, cette nuit-là. Le lendemain matin, papa me ramenait à la maison. Maman nous attendait dans le salon. Papa n'était pas revenu depuis qu'il avait pris cette photo de ma chambre et il n'a pas pu cacher son étonnement en découvrant le changement, mais ce n'était pas vraiment le moment de parler de ça. Il s'est contenté de décrire à ma mère la scène qu'il avait découverte en rentrant chez lui la veille au soir.

« “Tu m'as menti !” s'est-elle indignée dans un souffle, en me dévisageant, d'un air accablé.

Elle secouait la tête, comme si elle ne parvenait pas à le croire.

« “Tout le monde ment dans cette maison, de toute façon ! lui ai-je rétorqué, sans me démonter.

« — Toi, mesure tes paroles !” a aboyé mon père.

Je l'ai repris de volée :

« “Qui a menti le premier ? Tu m'as dit que tu serais en voyage d'affaires et que c'était même pour ça que je ne pouvais pas passer le week-end avec toi !”

« Il a fait la grimace, comme un gamin pris en faute. Il a jeté un coup d'œil en biais vers ma mère, puis s'est retourné vers moi.

« “Mon planning a été modifié, a-t-il répondu. Ça arrive, Misty. Mais ce n'est pas une raison pour te conduire comme tu l'as fait.” Puis il a enfourché son cheval de bataille favori pour attaquer ma mère : “Te rends-tu compte de ce que fricote ta fille, ces jours-ci, Gloria ?

« — Elle a pourtant un parfait exemple de moralité sous les yeux, persifla ma mère, en le fusillant du regard. Mais regarde donc comment tu vis ! Je n'ose même pas imaginer ce qu'elle voit chaque fois qu'elle va chez toi. Que veux-tu qu'elle devienne, après ça ? Qu'est-ce que tu veux que j'y fasse, moi ?”

« Ils se sont alors lancés dans l'une des plus terribles disputes auxquelles j'aie jamais assisté et j'en ai profité pour me réfugier dans ma chambre. Tant qu'ils se battaient entre eux, ils n'en avaient pas après moi, tout au moins. Après le départ de papa, maman est venue me voir. Elle m'a demandé ce qui se passait exactement et depuis combien de temps durait mon “petit manège”.

« J'ai eu droit à la grande scène de la mère éplorée. À cause de moi, elle passait pour une idiote ; elle devenait folle ; elle souffrait le martyre ; elle ne vivait plus. Elle, elle, elle, il n'y en avait que pour elle. Papa avait eu exactement la même réaction, quelques heures plus tôt, m'expliquant comment mon inqualifiable conduite ne pouvait que compliquer les choses pour lui, lui, lui.

« Maman a exigé de savoir qui était le garçon en question, bien entendu. Qui étaient ses parents ? Où habitaient-ils ? Que faisaient-ils dans la vie ? Voilà ce qui semblait la préoccuper au plus haut point. Et, comme j'ai refusé de lui dire quoi que ce soit à propos de Lloyd, elle a fini par me boucler pour un mois. Je devais rentrer directement après les cours et passer tous mes week-ends à la maison. Elle m'a interdit de recevoir des coups de fil et a même appelé les télécoms pour couper ma ligne.

« Je ne crois pas que j'aie jamais été aussi malheureuse. Lloyd s'en voulait. Il me disait qu'il aurait dû se montrer plus prudent, qu'il aurait dû s'y attendre. Vers le milieu de la semaine, ma mère a découvert qui était mon petit ami. La mère de Clara Weincoup s'était fait un plaisir de la renseigner. Quand je suis rentrée du lycée, elle m'attendait de pied ferme. Elle m'a pratiquement sauté à la gorge, se déchaînant contre ma "déchéance" comme une véritable furie :

« Comment avais-je pu "frayer avec un pareil voyou" ? Textuel. N'avais-je donc pas le moindre respect de moi-même ?

« "Mon petit copain n'est peut-être pas riche ; ses parents ne vivent peut-être pas dans une villa de plusieurs millions de dollars, mais, avec lui, au moins, je sais ce que c'est qu'être une femme !" lui ai-je craché au visage, en hurlant aussi fort qu'elle.

« Elle est devenue écarlate. Comme je tentais de lui échapper, elle m'a poursuivie à travers toute la maison pour essayer de savoir "ce que j'avais voulu dire par là exactement". Elle ne m'a pas lâchée d'une semelle jusqu'à ce que, finalement, à bout de nerfs et ivre de rage contre elle, je déverse tout ce que mon père m'avait dit lors de ce premier déjeuner où je lui avais demandé pourquoi ils avaient voulu divorcer. Elle a blêmi. Son teint était encore plus pâle que les feuilles des malheureux lauriers-roses, là, dehors. J'ai cru qu'elle allait s'évanouir. Elle a ouvert la bouche, comme une carpe hors de l'eau, et l'a refermée sans qu'aucun son en soit sorti. Elle m'a vraiment fait peur. Elle a été obligée de se retenir au dossier d'une chaise pour ne pas tomber.

Puis, elle a fait demi-tour, lentement, et elle est sortie de la pièce. Elle ne m'en a plus jamais reparlé, mais j'ai su, par la suite, qu'elle avait appelé son avocat qui avait appelé l'avocat de papa. Le droit de visite de mon père a été très sérieusement menacé, à ce qu'il paraît.

« Les choses semblaient devoir aller de mal en pis. La semaine suivante, Lloyd s'est retrouvé pris dans une méchante bagarre avec un autre élève, à l'intérieur du lycée. Quand M. Levine a voulu s'interposer, il l'a frappé et s'est fait renvoyer. Je ne l'ai appris qu'en fin d'après-midi : Darlene s'est fait une joie de me l'annoncer.

« "Ton petit ami a de sérieux ennuis", m'a-t-elle dit. Puis elle s'est empressée de me décrire ce qui s'était passé au gymnase. Ah ! comme elles jubilaient, elle et ses copines ! Ça prouvait bien qu'elles ne s'étaient pas trompées sur Lloyd et qu'elles avaient bien fait de me laisser tomber.

« Mais je ne me suis pas laissé faire et je lui ai rétorqué : "Lloyd avait bien raison : vous n'êtes toutes qu'une bande de Beverly. Allez vous faire voir !"

« Je me suis sauvée en courant et, après les cours, j'ai filé chez Lloyd. Mais il n'y avait personne. J'étais en pleine déprime, désorientée, à la dérive. Mon téléphone était toujours coupé. Comment pourrait-il me joindre ? J'espérais qu'il viendrait me voir, mais je l'ai attendu en vain toute la soirée. J'ai essayé de l'appeler, en utilisant le téléphone de ma mère dès qu'elle avait le dos tourné, mais ça ne répondait pas.

« J'aurais donné n'importe quoi pour ne pas aller au lycée, le lendemain. En plus, j'avais un devoir de maths, que j'ai complètement raté, forcément : je n'avais même pas ouvert mes cours pour réviser. Les autres filles ne parlaient que de moi et de Lloyd. Ça cancanait dans tous les coins. J'ai passé l'heure du déjeuner aux toilettes pour échapper à l'humiliation de la cantine : je voyais déjà leurs regards moqueurs et leurs moues dédaigneuses. J'étais à deux doigts de sécher pour aller chercher Lloyd. À peine la cloche avait-elle sonné que je fonçais chez lui. Mais, une fois encore, je n'ai trouvé personne.

« Ma mère n'était pas à la maison quand je suis rentrée. Je m'étais enfermée dans ma chambre à broyer du noir quand, tout à coup, j'ai entendu le bruit d'une moto. Je me suis précipitée à la fenêtre et j'ai vu Lloyd s'engager dans l'allée. Il s'est garé, puis il a klaxonné en laissant le moteur tourner. J'ai couru le rejoindre.

« "Où étais-tu ? me suis-je écriée en me jetant dans ses bras. Je suis allée chez toi deux jours de suite et il n'y avait personne.

« — Oh ! j'ai juste fait un tour, m'a-t-il répondu, en désignant sa moto du menton. J'ai réfléchi. J'ai dormi chez un pote à moi à Enrico et j'ai finalement pris une grande décision.

« — Laquelle ?

« — J'vais quitter la Californie." Mon sang n'a fait qu'un tour.

« "Quitter la Californie ? Mais où vas-tu aller ? lui ai-je demandé, le cœur serré.

« — N'importe où pourvu que j'parte d'ici. J'ai un cousin à Seattle qui tient un garage. J'crois qu'j'vais y aller j'ter un œil. J'pourrais bosser pour lui un p'tit moment, voir c'que ça donne.

« — Et ta mère ?

« — Elle m'a foutu à la porte. Quand elle a su que j'm'étais fait virer du bahut, elle m'a flanqué dehors. Elle dit que j'lui apporte que des ennuis, qu'elle peut plus m'tenir, que tout ça la rend malade, qu'ça la fait vieillir avant l'âge.

« — C'est exactement ce que ma mère me répète continuellement, ai-je grommelé.

« — Eh bien alors... peut-être que tu devrais v'nir avec moi ?"

Il a dit ça à mi-voix, comme s'il n'osait pas y croire. Et je me suis dit : pourquoi pas ?

« "Peut-être que c'est ce que je vais faire", lui ai-je répondu du tac au tac.

Nous nous sommes regardés un long moment en

silence et il a vu, dans mes yeux, que j'étais vraiment prête à le faire.

« "Prends un tout p'tit sac, alors", a-t-il aussitôt enchaîné, comme s'il avait peur que je change d'avis. J'ai hésité un quart de seconde, puis je suis retournée en courant à la maison pour préparer mes bagages.

« J'ai juste pris mon sac à dos. Et c'est là que ça a été le plus dur : il a fallu choisir ce que je voulais emporter. Je m'entends : il y a des choses indispensables pour lesquelles la question ne se pose pas, comme une paire de bottes, une paire de mocassins et des chaussettes, par exemple, mais, de tout ce que l'on possède, de tout ce que l'on vous a offert, qu'est-ce que vous emporteriez, si vous ne pouviez prendre que le strict minimum – à condition que le minimum en question ne soit ni lourd, ni encombrant, bien sûr, histoire de corser un peu l'affaire ?

« Tout à coup, plus rien ne semblait si important que ça, pour moi. Toutes les choses que mes parents m'avaient données n'étaient, après tout, que des objets. Il y avait bien une poupée, ma première vraie poupée, celle que je gardais toujours sur mon lit : une poupée de chiffon tout usée et toute douce. Celle-là, je l'ai prise sans hésiter. Mais je n'ai pris aucun bijou. J'aurais dû, sans doute : nous aurions pu les vendre, au moins. Non, j'ai juste pris une brosse à dents, un peigne, puis je me suis mise à tourner en rond en essayant de me décider : quoi d'autre ? Quoi d'autre emporter ?

« Lloyd a klaxonné. Alors j'ai empoigné mon blouson de cuir et j'ai contemplé une dernière fois ma chambre : ces quatre murs qui avaient représenté tout mon univers pendant si longtemps, qui avaient renfermé tous mes secrets, vu mes larmes couler et entendu toutes mes confidences, toutes ces craintes que je n'osais exprimer.

« J'ai murmuré un inaudible "au revoir" et j'ai dévalé l'escalier. Je n'ai même pas jeté un regard en arrière et je n'ai laissé aucun mot à ma mère.

« Je suis sortie ; j'ai enfilé les sangles de mon sac à dos et je suis montée derrière Lloyd. Il s'est retourné, il m'a souri et nous avons démarré. Mon cœur battait si vite, si fort que j'ai cru m'évanouir. Pour un peu, je me serais retrouvée étalée sur la chaussée. J'ai passé mes bras autour de Lloyd et je me suis cramponnée à lui comme si ma vie en dépendait. Le ciel était couvert. Il y avait du vent, ce jour-là. Mes cheveux me cinglaient les joues et j'avais le visage en feu. Mais je me moquais bien du temps qu'il faisait. Je me fichais de tout. Je me sentais libre, délivrée de tous ces maudits parasites, délivrée de toute cette haine et de toute cette souffrance. Je me suis mise à rêvasser: je ne donnerais aucune nouvelle à mes parents pendant des années, et, quand je le ferais, il serait trop tard: ils seraient mis devant le fait accompli et ils ne pourraient plus rien faire. Ils seraient bien obligés d'accepter la situation, alors.

« Je mentirais si je prétendais que c'est très confortable d'être assise à l'arrière d'une petite moto et de rouler pendant des heures et des heures. Nous avons pris une averse et il s'est mis à faire vraiment froid. Finalement, nous nous sommes arrêtés dans un restoroute pour dîner et nous avons compté l'argent dont nous disposions à nous deux. J'avais empoché tout ce que j'avais trouvé dans le tiroir de ma coiffeuse, mais ça ne faisait pas grand-chose.

« Lloyd pensait qu'il faisait encore assez chaud pour que nous passions la nuit à la belle étoile. Pour moi, c'était l'aventure et ça m'était égal de dormir sous un pont pour peu que je puisse me blottir dans ses bras. Nous avons bavardé, tiré des plans sur la comète jusqu'à tomber de sommeil. C'était peut-être idiot de ma part, mais je me suis endormie en pensant que nous concrétiserions vraiment tous ces beaux projets que nous venions d'échafauder: il trouverait du travail de son côté et moi du mien; nous pourrions bientôt louer un petit appartement et nous ne tarderions pas à gagner notre vie correctement. Nous serions enfin libres tous les deux et à jamais délivrés de toute cette bande d'hypocrites.

« "Ah ça! Y a pas de Beverly là où on va!" m'avait promis Lloyd, tandis que nous dérivions au gré de notre imagination.

« Mais la nuit s'était révélée plus froide que nous ne l'avions prévu. Je me réveillais sans cesse: je ne parvenais pas à trouver une position assez confortable pour dormir très longtemps. Le lendemain matin, nous avions tous les deux des têtes de déterrés. Nous avons trouvé un petit restaurant où j'ai pu faire une toilette de chat et me coiffer. Puis, nous avons pris un bon petit déjeuner bien chaud. Ça nous a ragaillardis.

« Vu le temps écoulé depuis notre départ, j'imaginais que ma mère était aux cent coups et qu'elle avait même peut-être appelé mon père. Mais je les voyais déjà se rejetant mutuellement la faute, comme d'habitude, sans vraiment faire quoi que ce soit pour me retrouver.

« Lloyd était très inquiet parce nous n'avions pas assez d'argent pour atteindre Seattle et "nous laisser le temps d'nous r'tourner" comme il disait. Quand nous avons repris la route, le deuxième jour, notre enthousiasme s'était un peu refroidi. Je tombais de sommeil sur la moto et, par moments, ma tête heurtait son dos parce que je m'endormais. Je l'ai entendu marmonner quelque chose comme "dormir dans un vrai lit, cette nuit". Environ deux heures plus tard, il s'est arrêté à la supérette d'une station-service. Il s'est garé sur le parking et m'a dit de l'attendre sur la moto. J'ai pensé qu'il voulait nous acheter un sandwich. Il est ressorti du magasin en courant comme un fou ; il a sauté sur la moto et il a démarré si brusquement que j'ai failli me retrouver par terre. Il a mis les gaz et j'ai dû hurler pour lui demander pourquoi il allait si vite. Il ne m'a pas répondu, mais il a continué à prendre de la vitesse. J'ai commencé à avoir vraiment peur. Un peu plus d'une demi-heure plus tard, je me suis retournée en entendant une sirène : une voiture de police nous avait pris en chasse et se rapprochait à toute allure.

« "Tu ferais mieux de t'arrêter, Lloyd, lui ai-je crié. Je crois que c'est après nous qu'ils en ont." Mais il n'a fait qu'accélérer de plus belle. Il a même essayé d'échapper à la police en prenant la première petite route qui se présentait sur notre droite. Le virage a été si brutal que nous avons failli nous renverser. Puis il a été obligé de ralentir parce que la route se terminait par un chemin creux.

« J'ai été surprise de voir la voiture de police nous suivre. Je ne pensais pas vraiment que nous étions en faute : la moto de Lloyd n'était pas si puissante. Et puis, même si c'était le cas, je ne pouvais pas croire que des policiers se donnent tant de mal pour si peu. La voiture nous a rattrapés et a contraint Lloyd à se ranger sur le bas-côté. Je l'ai entendu jurer entre ses dents. Quand le policier est sorti de son véhicule, il avait un revolver au poing. J'ai eu si peur que je me suis mise à pleurer.

« Il a obligé Lloyd à descendre de la moto et à s'allonger face contre terre pour lui passer les menottes, puis il a fait la même chose avec moi. Ensuite, il nous a tous les deux fait monter dans sa voiture.

« "Tout ça pour un malheureux petit excès de vitesse ! me suis-je insurgée, en larmes.

« — Non, ma p'tite demoiselle, m'a répondu le policier, tout ça pour un malheureux petit vol à main armée : vous venez de voler la caisse de la boutique qui se trouve un peu plus haut sur la route, à la station-service, là, derrière."

« Lloyd avait baissé la tête et ne réagissait pas. Je lui ai demandé si c'était vrai et il m'a avoué qu'il avait sorti son couteau pour effrayer la petite vieille qui se tenait derrière le comptoir.

« "Je m'disais qu'si on avait juste un peu plus d'argent, on pourrait s'en tirer, m'a-t-il expliqué. J'suis tellement désolé de c'qui t'arrive, tellement désolé." J'ai pleuré pendant tout le trajet jusqu'au poste de police. Mais, en fait, je ne pleurais pas tant sur mon sort que sur le sien.

« J'ai été autorisée à passer un seul coup de fil. À mon père ou à ma mère ? Là était la question. Je me revois encore, le combiné à la main, les yeux rivés sur les chiffres du clavier.

« "On n'va pas y passer la journée !" m'a houspillée l'agent de police qui se tenait à côté de moi. Alors, j'ai appelé papa. J'avais peur que maman ne pique une crise d'hystérie et qu'elle ne soit incapable de faire le nécessaire pour me sortir de là. Comme ça ne répondait pas chez lui, j'ai eu le droit d'appeler à son bureau. Il a écouté ce que je lui racontais sans dire un mot, puis il m'a demandé de lui passer un officier de police. Quand il m'a parlé, j'ai à peine reconnu sa voix. Elle était glacée, monocorde : une voix d'outre-tombe.

« À ce moment-là, j'aurais préféré mourir sur place que d'avoir à regarder mes parents en face.

Épilogue

Lloyd a eu beau dire et répéter à la police que j'ignorais tout de cette histoire de vol, que je ne savais même pas ce qu'il allait faire quand il s'était arrêté à la station-service, j'ai quand même dû passer au tribunal. Mon père a engagé un grand avocat pour me défendre. Lloyd n'a eu droit qu'à un avocat commis d'office. Comme il avait déjà un casier judiciaire, il n'a pas échappé à la maison de redressement. Quant à moi, j'ai été libérée sur parole, mais à la condition expresse que j'entreprenne une psychothérapie. La commission éducative du lycée a rendu le même verdict.

« Pendant un temps, j'ai eu l'impression que ma fugue avait agi sur mes parents comme une lobotomie : jamais je ne les avais vus si calmes. En fait, je crois qu'ils étaient tout bonnement terrifiés. Je m'attendais à les entendre hurler et se rejeter mutuellement la faute, comme d'habitude, mais, au tribunal, ils sont restés bien sagement assis l'un à côté de l'autre, reconnaissant d'une seule voix, avec le juge, qu'ils ne m'avaient pas accordé assez d'attention et que ma dérive n'était manifestement qu'une réaction à leur séparation.

« Enfin ! Enfin, j'allais être débarrassée de ces maudits parasites !

« Mais, bien évidemment, ce n'était qu'une trêve, et elle n'a pas duré longtemps. Fidèles à eux-mêmes, ils n'ont pas tardé à redevenir comme avant. Mais j'ai tout de même bien profité de ce court moment de répit.

— As-tu eu des nouvelles de Lloyd ? demanda Jade.

— J'ai reçu une lettre de lui, environ un mois plus tard. J'ai eu la chance d'être là juste au moment où le facteur passait : il me l'a remise en main propre. Si, par malheur, ma mère l'avait trouvée la première, je suis sûre qu'elle l'aurait déchirée. Sur deux pleines pages, Lloyd se confondait en excuses. Il disait qu'il allait bien et qu'au moins il n'y avait pas de Beverly là où il était. Je lui ai répondu, bien entendu. Mais j'ai dû le faire en cachette. Je lui disais d'envoyer sa prochaine lettre aux bons soins de Darlene Stratton. Je n'ai pourtant plus jamais entendu parler de lui.

« Chez moi, les choses ont repris leur cours normal. Ma mère en est à sa dixième ou onzième "nouvelle connaissance", comme elle les appelle ; ce qui n'empêche pas les réunions de AHA de se multiplier à la maison. On dirait que le nombre de membres augmente aussi. Elles caquettent tant et si fort que je dois monter le volume de ma chaîne pour couvrir leur vacarme de basse-cour.

« Pendant quelque temps, après mon passage au tribunal, mon père s'est montré un peu plus régulier dans ses rendez-vous avec moi. Nous avons passé quelques super week-ends ensemble, dont un à Santa Barbara et un à San Diego. Je commençais même à apprécier la compagnie d'Ariel. Mon comportement, ce que j'avais fait, ce qu'elle avait vu, ne semblaient pas la préoccuper outre mesure. En tout cas, elle ne s'en alarmait pas comme mes parents ou comme les autres adultes en général. Parce que, après ça, pas mal de gens ont commencé à me voir comme une fille complètement irresponsable et imprévisible, peut-être même aussi dangereuse que Lloyd. On ne savait pas de quoi j'étais capable, après tout !

« Ariel, c'est juste... du vent, une petite brise tiède et parfumée qui aurait pris forme humaine sous les traits d'une ravissante et douce jeune fille. C'est marrant, mais, maintenant, je m'attends en permanence que papa lui fasse du mal. Je vois le coup venir d'un instant à l'autre et je la plains déjà. Il a d'ailleurs commencé à la critiquer ouvertement, lui reprochant sa façon de tenir l'appartement, sa conversation insipide ou même de ne pas être capable de faire bouillir de l'eau.

« Eh oui, vous avez bien entendu, mon père a employé exactement la même expression que Charles Allen : "insipide."

« Peut-être maman a-t-elle raison ? Peut-être que tous les hommes sont des monstres ? Y compris nos chers petits papas.

Je me suis tournée vers le Dr Marlowe.

— Je souffre encore d'une tonne de colère rentrée, je suppose. C'est bien ça, docteur Marlowe ?

— C'est un de mes sujets d'inquiétude, admit-elle. Entre autres.

Adressant un large sourire à la ronde, j'ai enchaîné, sur le ton de la bonne élève qui récite sa leçon :

— Identifier son problème, c'est déjà le résoudre à moitié.

Jade s'est esclaffée. Un sourire a chassé la moue boudeuse de Star, tandis qu'une petite lueur espiègle s'allumait dans ses prunelles. Cathy a lancé un coup d'œil anxieux vers le Dr Marlowe.

— Bien, a conclu notre psychothérapeute. Il me semble que c'était un très bon début. Qu'en pensez-vous ? Cathy ?

Cathy s'est tournée vers moi et a hoché la tête en acquiesçant dans un souffle inaudible.

Trois petits coups frappés à la porte sont venus abréger son supplice et nous avons toutes levé les yeux pour voir apparaître Emma.

— Je ne voulais pas vous interrompre, docteur Marlowe, s'est-elle excusée, mais vous m'avez demandé de vous avertir quand les voitures de ces demoiselles seraient là. Le chauffeur de Jade attend depuis quelques instants déjà et la grand-mère de Star vient d'arriver, ainsi que la mère de Cathy.

J'ai aussitôt demandé la permission d'appeler la mienne.

— Tu peux utiliser le téléphone de mon bureau, Misty, si tu veux, m'a répondu le Dr Marlowe.

Tout le monde s'est levé en même temps.

— Demain à la même heure ? a-t-elle suggéré.

— Ce sera le tour de qui, demain ? a demandé Star.

— Et si c'était le tien ? lui a répliqué notre bon docteur.

Star a haussé les épaules, en me regardant composer le numéro de la maison, puis appuyer sur le quatre comme le répondeur se mettait en marche. L'appel a été transféré sur le portable de ma mère. Quand elle a décroché, j'ai entendu des rires autour d'elle.

— J'ai fini, lui ai-je dit. Où es-tu ?

— Oh ! j'allais partir. J'arrive, ma chérie. Comment ça s'est passé ?

— Super méga top. Je suis guérie.

Elle a eu un petit rire nerveux et m'a répété qu'elle arrivait.

Les autres patientaient en silence et nous nous sommes dirigées toutes ensemble vers la porte.

— Veux-tu attendre ta mère ici, Misty ? m'a proposé le Dr Marlowe.

— Non. Il fait trop beau dehors. Ça va aller.

— D'accord. Alors, à demain.

Nous lui avons dit au revoir, puis nous sommes toutes sorties en file indienne. Mais la porte n'était pas plus tôt refermée que nous nous arrêtions sur le perron. J'ai aperçu la mère de Cathy qui nous examinait. C'était une petite femme brune aux cheveux très courts avec de grosses lunettes. Le chauffeur de Jade semblait périr d'ennui au point de quasiment s'endormir au volant. La grand-mère de Star agita la main. Sa vieille guimbarde toute cabossée jurait singulièrement entre la limousine du père de Jade et la Taurus dernier modèle de la mère de Cathy.

— Tu nous as donné une belle leçon de courage, aujourd'hui, m'a dit Jade, d'un ton admiratif. J'espère que nous saurons toutes nous montrer aussi honnêtes et ouvertes que toi, a-t-elle ajouté, en lorgnant vers Star.

— Nos histoires ne sont peut-être pas toutes aussi passionnantes, s'est défendue l'intéressée. Qu'est-ce que tu en dis, Cathy ? Est-ce que tu seras capable d'être aussi « honnête et ouverte » que Misty ?

Prise de panique, Cathy secoua la tête et s'enfuit en courant vers la voiture de sa mère.

— À demain, Cat ! me suis-je écriée.

Elle s'est retournée, manifestement surprise par l'emploi de ce surnom. Un timide sourire s'est dessiné sur ses lèvres.

— *Cat ?* s'étonna Jade.

Je lui expliquai pourquoi j'avais choisi ce surnom.

— Oui, répondit-elle. Oui, ça lui va bien.

— Qu'est-ce que ça fait ? Elle ne reviendra même pas, si ça se trouve, grommela Star.

— En tout cas, ce n'est pas en la terrorisant comme tu le fais que tu vas l'y encourager, grinça Jade.

— Je la terrorise, moi ? Comment ça, je la terrorise ? s'indigna Star.

— Quand tu la regardes avec ces yeux-là.

— Quoi, mes yeux ? Qu'est-ce qu'ils ont, mes yeux ?

— On dirait que tu veux la manger toute crue.

Star sembla sur le point d'exploser, mais un sourire vint tout à coup chasser sa mine renfrognée.

— Bon. Eh bien, à partir de maintenant, j'essaierai d'être aussi mielleuse et bêcheuse que vous, les Beverly, fit-elle en exécutant une petite révérence, avant de tourner les talons pour se diriger d'une démarche nonchalante vers la voiture de sa grand-mère.

J'ai éclaté de rire.

— Elle n'est même pas drôle, maugréa Jade.

— Oh que si ! Et je suis sûre qu'elle n'a pas aussi mauvais caractère que tu le crois.

— Ah vraiment ?

Au ton de sa voix, Jade semblait pour le moins agacée que je ne partage pas son opinion.

— Et je me demande bien à quoi ressemblera son histoire, demain…

J'avais pensé tout haut et j'ai laissé ma phrase en suspens pour poursuivre mes réflexions en silence.

Jade a probablement suivi, elle aussi, le cours de ses pensées, parce qu'il s'est passé un bon moment avant qu'elle ne finisse par hocher la tête.

— Oui, je me le demande aussi, a-t-elle murmuré d'une voix songeuse.

Nous avons regardé la voiture de Cathy et de sa mère manœuvrer pour reprendre l'allée en sens inverse. Cathy baissait la tête. Sa mère semblait la sermonner. Puis Star et sa grand-mère ont fait demi-tour. Au moment où la vieille guimbarde passait devant nous, Star s'est tournée dans notre direction, a rejeté les épaules en arrière, dressé la tête, le regard droit et hautain, nous snobant jusqu'à la caricature. Même Jade n'a pu s'empêcher de rire.

Mais elle ne partait toujours pas.

— Est-ce que tu ne devrais pas y aller ? lui ai-je demandé. Ça fait déjà un petit moment que ton chauffeur t'attend.

— Eh bien qu'il attende ! Il est payé pour ça, m'a-t-elle répondu.

— Ma mère ne va pas tarder à arriver, ai-je insisté. Ça va aller, tu sais.

Elle a hoché la tête, mais elle n'a pas bougé, comme si elle ne voulait pas que notre conversation s'achève. Elle se cramponnait au moment présent, comme si c'était une bouée de sauvetage dans une mer déchaînée.

— Elle est bien, notre psy, n'est-ce pas ? m'a-t-elle demandé. Je veux dire : elle ne ressemble pas à l'image que l'on pourrait se faire d'une psychiatre.

— Non. Je la trouve plutôt sympa. Tu penses qu'elle t'apporte quelque chose, toi ?

— Je suppose. Et puis, maintenant, nous sommes toutes censées nous aider les unes les autres, non ?

J'ai acquiescé avec un sourire.

— À demain, alors, a-t-elle conclu. Quand Star sera la star.

Et elle s'est mise à rire.

— Je ne l'asticoterais pas trop, si j'étais toi, lui ai-je crié comme elle s'éloignait en direction de sa limousine.

Elle s'est retournée et m'a souri. C'est vraiment une très jolie fille, me suis-je dit, en lui rendant son sourire. Je parie que mes petites histoires de cœur ne sont rien, comparées aux siennes.

Je l'ai regardée monter dans la limousine. Quand la voiture a démarré, elle m'a fait un signe de la main.

Quelques instants plus tard, elle était partie. Il ne restait plus que moi.

Le soleil était presque à l'aplomb de la maison, à présent. Il faisait plus chaud, mais une petite brise rafraîchissait agréablement l'atmosphère. Je n'étais pas aussi fatiguée que je m'y attendais après avoir parlé si longtemps. À vrai dire, je me sentais plutôt légère, plus dynamique même. C'était vraiment comme si j'avais enfin posé mon énorme valise d'angoisses, de peine et de colère; pour un temps, du moins.

Pourquoi était-ce si difficile d'être heureux ? Existait-il des gens heureux ? Notre psy était-elle heureuse ?

Papa était-il plus heureux maintenant ? Maman redeviendrait-elle heureuse un jour ?

Et que dire de moi ?

Ma mère allait arriver d'un moment à l'autre et nous prendrions la direction de la maison. Quatre filles qui ne se connaissaient pas se dispersaient aux quatre vents, telles quatre comètes dans l'espace, traversant des immensités de ténèbres.

Pour quelques jours seulement, grâce au Dr Marlowe, leurs routes allaient se croiser. Elles allaient partager sourires et larmes, rire et désespoir et apprendre également qu'elles n'étaient pas aussi seules qu'elles l'avaient sans doute imaginé.

Peut-être cela suffirait-il ?

Peut-être que, tels des bourgeons gorgés de sève accueillant le retour du printemps, en nous donnant la main, en franchissant cette porte, ensemble, nous allions pouvoir prendre un nouveau départ ?

Peut-être…